Über dieses Buch Zu den bemerkenswerten französischen Autoren der jüngeren Generation gehört Jacques Teboul, der bisher mit vier Romanen, einem Gedichtband und einem Opernszenario hervorgetreten ist. Wie manch anderer französische Literat vor ihm – wohl als Reflex auf die geistige Tradition von Rationalität und Clarté – ist Teboul von dem idealistischen Hölderlin fasziniert, der 37 Jahre als Pflegefall im Tübinger Turm zubringen mußte. Freilich stellt Teboul die von seinem Landsmann Pierre Bertaux vertretene These – Hölderlin habe sich nur verstellt, seinen Wahnsinn nur gespielt, um vor der Welt draußen seinen Frieden zu haben – auf den Kopf. Bei Teboul weiß Hölderlin, daß er wahnsinnig ist – aber er nimmt seinen Wahnsinn an. Teboul läßt sich nicht weiter auf Spekulationen ein, er konstatiert. Einmal läßt Teboul seinen Titelhelden denken: »Das reine Wort ist tödlich, und es hat von meinem Körper Besitz ergriffen.« Ein andermal heißt es: »Der Wahnsinn kommt wie eine Züchtigung, wie eine Erholung.« Teboul bringt mit diesem Roman einen eigenartigen pulsierenden Text zustande, »den man als heutige Hölderlin-Sprache aufnimmt.« (›Tagesspiegel‹/Berlin)

Der Autor Jacques Teboul, 1940 in Nîmes geboren, studierte Geschichte und Kunstgeschichte, anschließend im Schuldienst; danach Fachausbildung zum Psychoanalytiker und Psycho-Soziologen, ist seit Jahren als Betriebsberater in den Bereichen Arbeitspsychologie und Organisationssoziologie tätig. Jacques Teboul lebt in Paris. ›Lauf, Hölderlin!‹ ist der erste Roman von ihm, der auf deutsch vorliegt.

JACQUES TEBOUL

LAUF, HÖLDERLIN!

ROMAN

Aus dem Französischen
von Brigitte Weidmann

FISCHER TASCHENBUCH VERLAG

Ungekürzte Ausgabe
Veröffentlicht im Fischer Taschenbuch Verlag GmbH,
Frankfurt am Main, Juli 1984
Lizenzausgabe mit freundlicher Genehmigung des
Carl Hanser Verlag München Wien
Für die deutsche Ausgabe:

Titel der Originalausgabe: ›Cours, Hölderlin!‹

Gesamtherstellung: Clausen & Bosse, Leck
Umschlagentwurf: Jan Buchholz/Reni Hinsch
Printed in Germany
980-ISBN-3-596-25439-6

INHALT

VORWORT

Hölderlin ist am 20. März 1770 geboren und am 7. Juni 1843 gestorben. Im Jahre 1806, mit sechsunddreißig, wird er im Tübinger Klinikum eingesperrt und fällt dem Kanzler Autenrieth, seinem Therapeuten, in die Hände. Er bleibt dort ein Jahr. 1807 nimmt ihn der Schreinermeister Zimmer in Pension. In dieser Familie lebt Hölderlin bis zu seinem Tod. Seine Kammer geht auf den Neckar hinaus. Sein gesellschaftliches und literarisches Leben ist zu Ende. Ich hatte die Absicht, mich auf diese Zeit seiner Internierung zu konzentrieren.

Aber – dieses Buch ist ein Roman. Es ging mir nicht darum, eine neue literarische, philosophische, politische, soziologische, historische oder sonstige »Erklärung« dieses Wahnsinns zu liefern. Ich wollte auch nicht beweisen, Hölderlin sei nicht krank gewesen. In beiden Fällen hätte das zu einer Einschränkung oder Leugnung der grenzenlosen Dimension seines Wahnsinns geführt.

Ein engagierter, genau dokumentierter Roman also, der rückhaltlos die Wahrheit dieses Dichters sowie meine eigene Wahrheit zur Sprache bringt. Ein Roman, der vielleicht mehr Wahrheit *enthält als irgendwelche gelehrten Diskurse, Erklärungen und Theorien.*

Ansonsten:

1. Die angeführten Fakten stimmen (vgl. Hölderlin, Sämtliche Werke, *Bände 7,2, 1794–1822 und 7,3, 1822–1846, Große Stuttgarter Ausgabe von Beißner), werden aber wahrscheinlich anders gedeutet.*

2. Die kursiv gesetzten Texte sind von Hölderlin, Susette Gontard, Zimmer oder seiner Tochter Lotte.

3. Ich bin nach Tübingen gefahren, habe die Örtlichkeiten in Augenschein genommen und Fotos gemacht. Ich habe das Bedürfnis, zu sehen.

4. Lauf, Hölderlin! *ist eine Auseinandersetzung mit dem Wahnsinn, mit der dichterischen Sprache, mit der Zeit, die stillsteht, mit der tödlichen Wiederholung.*

5. Und auch die Nachgestaltung einer Gefangenschaft: 37 Jahre lang im Stumpfsinn ausharren, im Offenen, *Tag für Tag schreiben, für nichts und wieder nichts, weil das, was ein Verrückter schreibt, nicht zählt, weil alles, fast alles verloren, verbrannt ist.*

Jacques Teboul

Es ist eine Behauptung der Menschen, daß Vortrefflichkeit des innern Menschen eine interessante Behauptung wäre.

Hölderlin

Frühling 1812

Hölderlin sitzt in der Sonne vor Zimmers Haus. Es ist Morgen. Friedrich Hölderlin murmelt unverständliche Worte, dann stimmt er einen Kinderreigen an, rührt wiederum aus seines Leibes Tiefe den Niederschlag lautloser Wörter auf. Er hält inne, sammelt kleine Kiesel, zählt sie, läßt sie von der rechten in die linke Hand rollen, die ist geschlossen und hohl wie ein Brunnen. Ein Kiesel, zwei, drei Kiesel, vier, fünf, sechs ... und der Kies fällt in die linke Hand, sieben Kiesel, acht, neun, zehn, elf. Hölderlin zählt nicht weiter, blickt zum Himmel auf, lächelt. Heute morgen ist er glücklich. Mai, ein Maimonat. Er öffnet die linke Hand, zählt die Kiesel nochmal, schließt die Hand wieder und fängt von vorn an, zwölf, dreizehn, vierzehn, und nun ist sie voll, die linke, bis oben zum Daumen und Zeigefinger, die bilden den Rand des Brunnens. Er trällert vor sich hin, dann wirft er die Kiesel in die Höhe und zieht den Kopf ein, denn der Kies kommt wieder herunter. Er lacht unbändig. Er sagt: »Klein, ganz klein, weil die Götter mich vom Leiden entbinden.« Er lacht wieder, wirft den Kopf in den Nacken. Dann beginnt er von vorn, er sitzt vor Zimmers Haus in Tübingen. Ein, zwei, drei, vier Kiesel, klein, ganz klein, fünf, sechs, sieben, acht und neune, zehn, die Götter gibt's nicht, aber ich bin durch das Leiden hindurch, und elf, zwölf dann, noch einer, dreizehn Kiesel, vierzehn, fünfzehn, so gehen die Jahre dahin, so verrinnt die Zeit im dunklen Brunnen meiner Hand. Jahre wie Kies. Hölderlin lacht unbändig. Er blickt mit seinen stumpfen Augen zum blauen Himmel auf. Alles blau.

I

TÜBINGEN, JANUAR 1978

Hier hat man ihm Wörter, religiöse Phrasen eingetrichtert. Hier hat er mit Förmlichkeiten Bekanntschaft gemacht. Hier hat man ihn in die Knie gezwungen vor denen, die die Macht hatten, ist er genötigt worden, all das herunterzuschlucken, was er dann eines Tages bei seiner Rückkehr in rasender Wut wieder ausgekotzt hat. Hier hat man ihm zugeredet, er könne ein großer Prediger werden und solle sich unter Mutters, unter der Lehrer Obhut zum Gelehrten, zum Gottesmann bilden. Ah! Was für einen schönen, frommen Pastor er abgäbe, wo doch tote Sprachen seine Stärke seien. Die Theologie, das ist Mutters Weißfluß.

Nicht weit von Zimmers Haus war Autenrieths Klinik. Es kommt zu allen Zeiten vor, daß der Name eines brutalen Kerls mit dem eines leidenschaftlichen Menschen verknüpft ist.

Wir werden dir dein Narrenmaul stopfen, dir deinen Wahnsinn in den Leib zurückscheuchen! Du wirst schon spuren. Zwangsjacke! Maulkorb umgebunden! Die Worte sollen nicht heraus! Wir werden sie kleinkriegen, deine Wut! Dich fix und fertig machen, du Scheißkerl! Zwangsjacke, Maulkorb, Beruhigungstränke! Runterschlucken! Schnürt ihm den Maulkorb wieder fest und verpaßt ihm ruhig Prügel, wenn er bockt. Ich habe meine eigene Methode, den zu kurieren.

Man nimmt mir mein Recht, eure Angst hinauszuschreien. Ich bestehe auf diesem Recht!

Holder! Das Tier, das in Zimmers Turm tanzt, den Tanzbär, das Tier des Volkes, der Revolution und der Verweigerung, zähm es nicht, laß ihm doch, kraft deines Schweigens, kraft der im Körper tanzenden Beben, kraft deiner Musik und deiner unverschämten Ehrerbietung, laß ihm Spielraum, damit es brüllen, damit es sich bewegen kann, öffne ihm Zeit und Raum, mach es stark, Hölderlin! Mach es noch wilder, dieses neue Tier, das mit dir im Turm stampft, dieses herrliche, irre Tier!

Ein Zeichen sind wir, deutungslos
Schmerzlos sind wir und haben fast
Die Sprache in der Fremde verloren.

Wo die Götter weilen, den Stätten der Menschen entrückt, im erhabenen Himmelsraum jenseits der hohen Wolken, wo sie nach Lust und Laune walten, jederzeit über Blitze gebietend, da ist ein schwindelerregender Steilhang, eine leere, durchlässige Unermeßlichkeit, da ist, denk ich mir, der entfesselte Rhythmus. Da wollte ich bleiben, aber Apollon hat mir's besorgt, der Blitz hat mich bis auf die Knochen versengt.

... Himmlische nemlich sind
Unwillig, wenn einer nicht die Seele schonend sich
Zusammengenommen, aber er muß doch; dem
Gleich fehlet die Trauer.

Meinen Namen hab' ich vergessen. Er ist mir in den toten Sprachen abhanden gekommen. Ich bin der abgewrackte Archivar unübertragbarer Texte. Nennen Sie mich »Herr Bibliothekar«. Ich bin nach wie vor Aufseher in einer Bibliothek und entziffere für mich allein in den Büchern die unvorstellbare, die irre Gewalt der Worte.

Die Wintersonne fällt auf Hölderlins Turm mit seinem gelben Putz, links daneben ragt eine hohe Tanne auf; sie wird von den Ästen der Weiden, die über der schwarzen Fläche des Neckars hängen, halb verdeckt. Ich habe meine Tasche abgestellt. Es ist gefroren. Wollte man dem Irren ein Denkmal setzen, müßte man nachts an der Stelle, wo seine Kammer war, ein Licht anzünden.
Mit einemmal ist die Nacht übermächtig, selbst im blauen Licht dieses Januarmorgens. Mit einemmal Rückkehr, der Eindruck eines Schicksals vor Ort, ist es doch nicht weit von diesem Turm, in welchem man den Wahnsinn des Dichters verbarg, bis zum Stift, zur Landschaft und zu den Gassen seiner Studienjahre. Für Hölderlin fand alles am Ort statt, in Tübingen. Ob er schon als Student sein hageres, stumpfes Gesicht gesehen hat, seine erstorbenen Augen hinter dem Fenster

des zweiten Stockes? Die Zeit – in sich zurückgelaufen wie ein Vorhängeschloß.
Wenn ich durch die Stadt gehe und immer wieder zu Zimmers Haus zurückfinde, habe ich den Eindruck, daß diese Gruft ein heimliches Grab ist: man legt in Deutschland vielleicht keinen Wert darauf, ein solches Beispiel, eine solche Erinnerung zu verherrlichen und zu bewahren. Man begnügt sich damit, sie noch einmal zu begraben unter einem Wust von Thesen, Mitteilungen, Auslegungen, die an die Poesie und an die sogenannten theoretischen Schriften anknüpfen; die an alles anknüpfen außer an den Einsamen, Verzweifelten, Deutungslosen, der 37 Jahre lang in seinem Wahnsinn befangen war, widerlegte er doch alles politische Engagement, jeden philosophischen Versuch seiner Landsleute, die ausschließlich darauf bedacht waren, sich gegen Einsamkeit und Angst abzuschirmen.
Äußern sich heute in Europa Einsamkeit und Angst, so geschieht das in extremistischer, gefährlicher Form, weil sie von der öffentlichen Meinung und den Regierungen beharrlich versteckt, geleugnet, unterdrückt und kompromittiert werden. An diesem weißen, eiskalten Morgen in Tübingen geht mir auf, daß Hölderlin und Baader sich sehr nah, daß sie Brüder sind.

Die Zeit schwankt unschlüssig auf der Federspitze, am Rande der Lippen, genau vor den Augen, die Zeit! sage ich, die Zeit, aber was zögert, ist das Verlangen, Zögern zwischen dem Verlangen, Frau zu sein, und demjenigen, Mann zu sein, zwischen Tod und Lebenswillen. Und ich warte, die Zeit schaukelt hin und her, kommt vielleicht zum Stillstand in unerträglicher Schwebe. Ich schreie! Oh, ja! Ich schreie, stummer Schrei all der Angst, die hinter überstürzt aneinandergereihten Wörtern anwächst. Sie sind da, sie zeigen mit dem Finger auf mich, nehmen meine Verse auseinander, sezieren meine Texte, übersetzen und erklären mich. Die Zeit schwankt. Ich bin hier, und sie werden meinetwegen herkommen, ausnahmslos Schwachköpfe. Möglicherweise bin ich hier der erste Verrückte. Unmittelbar nachdem ein Verrückter sich entschieden hat, daß er verrückt sein will, weiß er, daß er einzigartig ist.

Heute bleibt Friedrich Hölderlin an seinem Fenster, reglos und absolut gleichgültig gegenüber dem, was er sieht, leer und still, in gewisser Weise abgeschieden. Er steht im Weiß eines so stetigen Schimmers, daß die Formen verschwimmen und nichts mehr auslösen, weder Gedanken noch Worte noch Bilder oder Gedankenfetzen, nicht das geringste Verlangen.
Hölderlin weiß nur, daß es seit Jahren so ist und daß er sich dabei wohl fühlt. Seit Jahren. Und »Jahre« und »seit«, das will nichts mehr besagen.

Manchmal macht sich jemand bemerkbar, redet. Holder spring jäh auf, bekommt Krämpfe, knirscht mit den Zähnen, krallt sich beide Hände ins Gesicht, ins Haar, und heult, heult, heult wie ein Hund, als ob man ihm in seinem Schweigen wieder etwas antun, ihm nehmen wollte, was er noch hat: sein Schweigen.

So steht der Mensch aufrecht mitten in diesem Zimmer, das auf Jahre hinaus das seinige sein wird. Verwirrt. Er sieht sich den Tisch an, den Stuhl, das Bett, die vier Fenster, die Bücher und die Packen Papier auf dem Boden. Jetzt friert's den Menschen. Wahrscheinlich haben die Götter diese Stelle für mich gefunden; weder Hauslehrer noch Pastor. Ich werde den Herrschaften da draußen verheimlichen, daß ich mich von nun an einschließe. Der Mensch steht aufrecht in seinen zylinderförmigen Mauern. Er weiß, daß hier der Tod kommen wird, in diesem Zimmer, hat er doch innegehalten in seinem ersten Irrlauf, läuft nun in der Reglosigkeit. Lauf, Hölderlin! Lauf, um einer andern Fahrt willen. Hier wird eines Tages, eines Nachts vorm Dunkel der letzte Lichtschimmer aufglänzen. So stehe ich, aufrecht, oft schlagen Blitze in mich ein, es schüttelt mich. Der Mensch bleibt stehen, aufrecht, läuft, tanzt dabei unablässig, selbst wenn manchmal an meinem Körper nichts zuckt.
Etwas im Erdinnern versetzt mich in Schwingungen, deshalb diese Erschütterungen, bis ich völlig erschöpft bin, ohne Stimme, ohne Musik, ohne Gedicht, nur ein Grunzen geht durch mich hindurch.
Ich sehe, wie sich in der Ferne, unter den Bäumen in den

Gärten, Umrisse regen. Den Menschen schüttelt's, er steht aufrecht da. Ich werde meinen Ranzen holen, dicke Wollsokken und Wanderschuhe. Werde aufbrechen – zu einer andern Fahrt.

Der Mensch, man sieht ihn kaum mehr im Dunkeln, betrachtet die Landschaft, die seit jeher da war, die kein Bewußtsein braucht, um so, seit jeher, dazusein. Und der Mensch sagt:

»Du bist fern, Hölderlin, und du näherst dich. Ein verblaßtes Bild über Klaviermusik. Hölderlin, du entfernst dich! Ich weiß nicht mehr, wer du warst, ich hab den einstigen Zusammenhalt völlig verloren, jenes Fünkchen Empfindungen, Gefühle, die dich, wie einen Baum am Flußufer, erzittern ließen – auf dem dahinströmenden Wasser das Sonnenrund. Du bist jene verschwommene Form, von der nach Erschütterungen, Einstürzen, Einbrüchen und Angriffen, von der nach der Leere nichts bleibt als geschriebene, gesprochene, geatmete Sätze. Nur die kleine Lotte darf mich bei meinem früheren Namen nennen, sagt sie doch, wenn sie von mir spricht: ›Der Dichter‹, und zwar in einem Ton ohne Falsch.«

Die Landschaft ist seit jeher da, sie braucht kein Bewußtsein, damit sie auf immer so da ist: auch wenn die Reichen und der wildgewordene Staat sie mit Fabriken, Elektrizität, plumpen Wolkenkratzern verwüsten, sie wird bleiben, wie sie jetzt ist – 1508, 1671, 1814, 1987 –, der schwarze Neckar und die Enten, im Nebel hängend die Weiden, die Platanen, der weiße Schimmer des Flusses, der den Fuß des Schloßberges säumt, ein Aufleuchten in der Luft, und blau funkelnder Glanz – alles blau – vom Himmel herunter.

Ich will, daß dieses Eingesperrtsein, dieses Schweigen des Werkes, unter dem Hölderlins Körper leidet, wie ein Gewehrschuß explodiert.

Sehr früh am Morgen Spaziergang zur Wurmlinger Kapelle, durch den Wald des Schloßberges. Zwar versuche ich, daran zu denken, daß er da mit Schelling und Hegel spazierenging, zwar versuche ich, die Erinnerung, die mit diesen Örtlichkeiten verknüpft ist, aufzufrischen, aber unmöglich, etwas anderes zu empfinden als die Kälte an den Schenkeln, mein zuckendes Gesicht und die eisigen Ohren. Es geht sich zuweilen mühsam, weil die Wagenspuren im Weg vereist sind, dann wieder angenehm, wenn der Schnee unter den Schuhen knirscht. Nur das und die Unfähigkeit zu empfinden, wonach ich suche. An diesem Morgen Annäherung unmöglich, nur Kälte und, in der Sonne, Hirschkühe.

Hölderlin ist hier gegenwärtig als Rebell unter andern Rebellen; sie sind nicht unbedingt Mörder, sind unschlüssig, ob sie sich schlagen, ob sie töten sollen, der Verweigerung jedoch gewiß, zahlreich, anonym, von Angst, von Furcht verzehrt, sie zerstören sich, sie töten sich oder sind in einem Leben befangen, das dem Tod nur allzu ähnlich ist. Gemeinsam ist ihnen allen, Holder und Baader, die Heftigkeit, diese dunkle, überwältigende, niederschmetternde Rücksichtslosigkeit, ja, die, genau die! Welche Familien, welche Regierungen, welche Reichen zieht man zur Verantwortung für diese Kranken, diese Selbstmörder, diese Schizos, diese weggetretenen Drogensüchtigen, diese Verunglückten, die unter ihren Motorrädern, unter dem Schrott ihrer Autos zerstükkelt, zerfetzt, zerfleischt werden? Man muß sich einmal vorstellen, daß sie mit derselben Heftigkeit, mit der sie sterben, töten könnten. Hölderlin hat diese Heftigkeit beim Schreiben gehabt, in der Art, wie er von einer Demokratie träumte, er hat sie gehabt, als sein Herz an nichts mehr hing, wenn er brüllte und, später, als er schwieg.

Friedrich Hölderlin denkt nicht. Er schaut durch seine Fenster, er spielt Klavier, Flöte, er tanzt. Wenn man es ihm erlaubt, geht er spazieren. Er läut durch die Ebene. Lauf, Hölderlin! Lauf! Es ist kalt. Er bekommt Besuch. Auf Wunsch der Besucher schreibt er Gedichte in regelmäßigen Versen. Auch sonst schreibt er jeden Tag, ununterbrochen. Davon ist nichts übriggeblieben. Er hat die Brücken abgebrochen.

Das Feuer des Himmels, ein Verstummen – ein Schweigen, das dem Sprechenden verwehrt ist. Dem Dichter verwehrt ist. Schweigen ist die letzte Überschreitung. Das höllische, unergründliche Loch der Sprache.

Bevor er schreibt, verspürt der Mensch eine ironische Spannung, die nur durch eine sexuelle Entladung soweit zu vermindern ist, daß er schreiben kann. Eine fragende Spannung. Aber es lauert auch etwas Wildes in dieser Spannung. Eine ironische Angst.
Ich stehe allein auf der Straße vor Autenrieths Klinik, vor der schweren, schwarzen Tür, und über mir, wie aneinandergereihte Blicke, Fenster um Fenster in der Fassade, und ich reiße die Arme hoch und heule, brülle, mein Mund aufgerissen überm Loch eines Schreis, ich brülle, meine Stimme bricht vor Schmerz und weil ich all diesen zersprungenen Kies schlucken mußte: »Ich weiß, wer du bist, Autenrieth! Beauftragt und bezahlt von denen, die mich zum Schweigen bringen wollen. Autenrieth! hol ihn doch, den, der da vor deiner Tür stampft, komm, bemächtige dich deines ersten Narren, des Körpers dieses Narren, der hier, jäh, das Gedicht vertritt, der den ganzen Wahnsinn der toten Texte vertritt, hier, jäh, bemächtige dich dieses irren Körpers, der die tragische Schuld anprangert, sie öffentlich bekannt macht, sie dir mitten ins Gesicht schleudert, Autenrieth, und dir rät, darüber nachzudenken. Hol mich, Gelehrter! Man tötet das Volk, man tötet es bereits, man bringt ihm bei, seine Angst, sein Leiden in sich hineinzufressen, und facht sie gleichzeitig an. Sperr mich doch ein, Autenrieth! Hol mich!«
Ich stehe allein auf einer Straße in Tübingen und spüre plötzlich ihre Strenge, ihre eisige Unterdrückung, hier, zurück, vor der Tür einer anderen pädagogischen Einrichtung: des Irrenhauses. Stadt der Universitäten und Magister, Stadt der Beherrschung, die ich nicht nur durch meine poetischen Rauschzustände hätte zerstören sollen, Stadt, in die ich zurückkehre, ein Zeichen Null, ein Scheusal, ein heruntergekommener, zerrütteter Körper, hier, ununterbrochen gegenwärtig, bringe ich das Gebäude zum Einstürzen. Vielleicht ist das meine Unsterblichkeit. Öffnung.

Laßt euch nicht auf dieses Buch ein, Barone, wenn für euch das Gedicht Zerstreuung ist und Schreiben ein Schnörkel der zivilisierten Welt! Kommt nicht her, besteht nicht darauf! Hier ist er, der Raum, wo das Feuer des Himmels niederfährt, der leere Raum verwehrten Schweigens. Kommen Sie nicht herein, Herrschaften, wenn Sie nicht wollen ... pallaksch!, ich denke nicht mehr, das Nichts, das Feuer haben von mir Besitz ergriffen. Nichts, das Feuer.

Der Hof des Tübinger Stifts ist ein düsterer Gefängnishof. Man hat hier mit Inbrunst und Härte die Disziplinen der Kultur als ebensoviele Mittel der Repression gelehrt. Wenn aber einer der Schüler darin die Freiheit, das Feuer der Sprache, den Stachel des Verlangens entdeckte und plötzlich die politische Funktion der Theologie und der schönen Wissenschaften durchschaute, blieb ihm nur noch übrig, sich von einer Stadt in die andere abschieben zu lassen, seine Irrfahrt fortzusetzen und unweit der Stätte, wo ihm die Professoren einhellig Begabung bescheinigt hatten, im Wahnsinn zu enden. Seine Mitschüler hingegen machten Karriere.
In diesem finsteren, kalten Hof, der in dieser Hinsicht anderen Schulen gleicht, geht mir auf, daß Hölderlin schon hier, ohne daß jemand es ahnte, den rasenden, wildbewegten, stummen Tanz lernte, der ihm Jahre später ein paar Gassen weiter unten den Körper schütteln sollte, in Autenrieths Klinik, und zuletzt in Zimmers Haus.

Das Ei Sonnenblume in den Arsch geschleudert und aufsteigend im Blitz verschmort. Nichts zu machen, da sind keine Götter. Weil du die Götterzunge zu innig küssen, dich an ihr festsaugen willst, fehlt dir's, wenn die Luft dünner wird, wenn der Höhenrausch sich ankündigt, an Sauerstoff, und du zerbrichst in so lang erwarteter Gefangenschaft. Bleiben die kleinen Blumen, dann der Frost, Jahreszeiten, Vögel ziehn vorbei, man wartet auf den Tod. Bleiben die üblichen Förmlichkeiten: Eine Ehrerbietung, so betont, so schneidend, daß sie in Verachtung umschlägt.

Es regnet, Diotima, seit Wochen, und ich schreib dir nicht mehr. Es regnet graue Steifen, Geliebte, sie schraffieren den Himmel und sperren Erde und Menschen ein. Ich betrachte die überflutete, triefende Welt und weiß nicht, wirklich, ich weiß nicht ... Diotima, ich bin allein und es regnet. Man muß auf der Hut sein, wenn der Gott die Menschen nicht einmal mehr züchtigen will, wenn das Eisen schmilzt und sein grauer Brei die befallenen Seelen in den Niederungen festhält. Diotima, hüte dich vor den Polizeimajestäten. Bald können wir nichts mehr füreinander tun.

Ich stelle mir vor, wie das Licht im Laufe des Tages wechselt, bis in Hölderlins rundes Zimmer hinein; das fällt mir nun leichter, wo ich weiß, wo Norden und Süden sind, wie am Morgen die Sonne bei ihm einfiel, an welcher Stelle sie bei Einbruch der Dunkelheit und je nach Jahreszeit verschwand. Muß mir den Einsamen vorstellen, wie er am Fenster stand und seinen enteigneten Körper in der untergehenden Sonne wärmte.
Muß mir vorstellen, daß es zu Beginn seiner Internierung die Platanenallee noch nicht gab, daß der Blick weit über die noch unbebaute Ebene fiel. Daß er im Westen sah, wie der Neckar am Fuß des Schloßberges vorbeifloß, wo er früher mit Hegel und Schelling spazierengegangen war, entweder durch den Wald oder am Flußufer entlang bis zur Wurmlinger Kapelle, wo man einen noch weiteren Ausblick hatte.

Er hat geschrieben: »*Die Darstellung des Tragischen beruht vorzüglich darauf, daß das Ungeheure, wie der Gott und Mensch sich paart, und gränzenlos die Naturmacht und des Menschen Innerstes im Zorn EINS wird, dadurch sich begreift, daß das gränzenlose EINESWERDEN durch gränzenloses Scheiden sich reiniget.*«
Und weiter: »*In der äußersten Gränze des Leidens bestehet nemlich nichts mehr, als die Bedingungen der Zeit oder des Raums.*«

»Holder! die Vögel da unten ...«
»Ah! die Vögel da unten ...«
»Wahrscheinlich Drosseln.«
»...«
»Holder!«
»...«
»Du hörst mir nicht zu.«
»Ich kenne diesen Namen nicht, ich will nicht mehr so heißen. Ich kenne ihn nicht!«
»Es sind Drosseln, nicht?«
»Drosseln, Vögel, Vögel ... Der Himmel! Oh, der Himmel! und im leichten Gewölk Gott, den man nicht stören darf.«

II

RÜCKBLICKE IN DIE ZEIT VOR DER INTERNIERUNG IM JAHRE 1806

Sommer 1802. Juni – Juli
Hölderlin trifft in Frankfurt ein. Er erfährt, daß Susette Gontard ein paar Tage vor seiner Ankunft gestorben ist. In einer Weinstube, wo er sich betrinkt und mit jedermann in Streit gerät, fängt er an zu toben. Er bleibt eine Woche lang in Frankfurt, betrinkt sich, grölt Verse auf der Straße, sucht Nutten auf; die weisen ihn ab. Er besucht alte Bekannte, die ihn nicht wiedererkennen, man bedauert ihn, versucht ihn zu beruhigen, er weint und hat furchtbare Wutanfälle, bleibt mehrere Tage im Freien, ohne Bleibe, ohne Mittag- und Abendessen. Sein Körper windet sich in Krämpfen. Freunde nötigen ihn, bei ihnen zu bleiben, und er erholt sich ein bißchen; ein Arzt gibt ihm Beruhigungsmittel und rät ihm, sofort zu seiner Mutter zurückzukehren. Sein Körper wird von Zuckungen geschüttelt, die Hände verkrampfen, verkrümmen sich, das Gesicht ist von Ticks entstellt, er hat Durchfall, ist ganz schwach und völlig stumpf.
So bricht er auf zu einer Irrfahrt; sie dauert einen Monat, worauf er ein letztes Mal nach Nürtingen ins Haus seiner Mutter zurückkehrt. Zuerst entfernt er sich nicht allzu weit von Frankfurt. Er kommt nachts wieder und besucht Susette Gontards Grab. Drei Nächte lang. Dann flieht er weit weg, ist zwei Tage lang zu Fuß unterwegs und macht nur ein paar Stunden Rast, um zu schlafen. Er taumelt über Land, ein herumfuchtelnder Hampelmann, fängt plötzlich an zu rennen, reckt die Arme über den Kopf, schreit unverständliche Worte. Er weiß, daß das seine letzte große Fahrt in deutschen Landen ist; schön soll die werden. Eine richtige letzte Reise.
Ich bin mein Leblang durch Deutschland gelaufen, freiwillig und auch gezwungenermaßen, weil die Leute, die das Sagen haben, einen akademisch gebildeten Bedienten wünschten und mich schließlich hinauswarfen. Zum Laufen genötigt, weit von der Mutter, weit von Tübingen, wo die Theologen mir auflauerten, war ich auf der Suche nach Griechenland, nach Deutschland, ich kam und ging zwischen Feuer und Frost, Sonne und Nebel, zwischen meinem Vater, den ich finden, und meiner Mutter, die ich loswerden wollte, aber

ich kehrte immer zurück. Zwischen der Revolution, dem Gedicht und dem starren Schrecken eines Pastoramtes: diesem Schwindel.

Dann wohnt er einen Tag lang bei Bauern, die ihn freundlich aufnehmen. Er singt, lacht, trinkt Wein, spielt Flöte und rezitiert ihnen Gedichte. Er raucht noch ein Pfeifchen mit ihnen und verabschiedet sich, wenn es Abend wird.

Bald geht der Mond auf, er ist die ganze Nacht unterwegs, bedauert, daß der Tag heraufdämmert, wie wenn er eine ganz andere, nie mehr wiederkehrende Welt verlassen müßte, so ekstatisch hat er die Nacht genossen. Er berauscht sich durch Übermüdung, deklamiert ganze Abschnitte Griechisch, beschwört auf den Wegen des Landes, das seines Vaters war, Pindar und Sophokles. Einen vollen Monat irrt er von Stadt zu Dorf, bringt manchmal einen Nachmittag in einer Herberge zu, die Leute mustern ihn neugierig. Einen ganzen Monat lang in der Irre, jedoch im Wissen, daß er schließlich, mit dem Instinkt des Wanderers, zurückfinden wird. Zurückkehren. Er lernt die Menschen besser kennen, manche jagen ihn weg, andere beachten ihn nicht, und manche begegnen ihm freundlich, lächeln ihm zu. Oft sind es Habenichtse, die mit ihm reden und ihn beherbergen. Hölderlin ahnt etwas, das er nicht ausgesprochen hat und nicht aussprechen wird. Er wandert, betrinkt sich, schläft in Straßengräben, wäscht sich in Bächen, singt und spricht griechisch. Einen Augenblick lang erwägt er, nach Frankfurt zurückzukehren und noch einmal Diotimas Grab zu besuchen, doch so rasch, wie er auf diesen Gedanken gekommen ist, läßt er ihn wieder fallen, weil ihm die Farbe der Bäume dort unten gefällt und der Sonnenglanz auf den Blättern, weil er Lust hat, da hinzulaufen und einen Augenblick zu rasten. Stundenlang mustert er die Häuser eines Dorfes, seine Augen sind leer, der Körper gibt endlich Ruhe. Doch sobald er sich an Gesichter, an bestimmte Augenblicke, an *sie* in Frankfurt erinnert, fängt er an zu gestikulieren, stöhnt und spricht laut vor sich hin. Er vermischt Griechisch, Latein und Deutsch. Die Sprache verfällt unwiderruflich, doch der Rhythmus bleibt. Er brüllt, spricht, deklamiert, es schüttelt ihn. Um seine Wut zu dämpfen, läßt er synkopisch rhythmisierte Wörter aus sich heraussprudeln. Ermüdung allein besänftigt ihn.

Im Ganzen stampfe ich, entdecke das Beben der Sätze. AH! Am Ort tanze ich, im Ganzen, ich tanze, gebannt vom Blitz, und mein Schädel ist der Zeit der Toten geöffnet. Mir fallen Sterne aus den Armen. Erfüllt von meiner Trauer, stampfe ich auf. Ich bin der Satz, ich bin der Rhythmus übers Schweigen hinaus, habe den Raum des Schweigens durchlaufen, kein Abstand mehr zwischen Körper und Satz, Satz und Rhythmus, ich stampfe rasend im Ganzen.
Ich bin kaputt, der Atem macht mich fertig, der Rhythmus schüttelt mich, ich bin verloren, ich muß bis in alle Ewigkeit tanzen, schweigen mit gepeinigten Worten, so leer so voll; die Zeit verrinnt und skandiert meinen Tanz. Nichts, was mich aufhält, ich schreite voran. Ein paar Texte, die ich übersetzen, die ich wiedergeben muß in ihrem Rohzustand, tragische Dichtung außerhalb jeder Norm. Ich bin die Vöglein, und in meinem Tanz schreien schrill die Schwalben. OH! Ich wiederhole: »*... so mußte also sein Geist im höchsten Sinne aorgische Gestalt annehmen, von sich selbst und seinem Mittelpuncte sich reißen, immer sein Object so übermäßig penetriren, daß er in ihm, wie in einem Abgrund, sich verlor ...*« Diese Schlampe von Mutter, Männerverschlingerin. Die unmögliche Zärtlichkeit, die Nacht, die Milde. Ich bin im Ganzen.

Und als Hölderlin an einem glühenden Julinachmittag vor der Tür des Hauses steht, wo seine Mutter wohnt, erkennt ihn niemand auf der Straße in Nürtingen; die Leute gehen ihm aus dem Weg, weil er unrasiert und schmutzig ist und seltsame Worte vor sich hinmurmelt.
Fritz, mein armer Fritz, du Unglücksrabe, wo kommst du her?
Ich bin durchs Land der Griechen gezogen, und dann bin ich über Deutschlands Boden gelaufen. Ich will keine Sätze, keine Klagen mehr.
In welchem Zustand bist du nur?
Im Zustand, in welchem mich Apollon gelassen hat. Sag nicht mehr Fritz zu mir. Ich bin nicht mehr Fritz Hölderlin. Er ist zugrunde gegangen bei mächtigen, gemeinen Menschen. Gefährlichen Menschen, sie verfügen über Geld, Meinungen und Macht. Fritz ist tot.
Was erzählst du denn da?

Ich erzähle von meiner letzten Fahrt durch deutsche Lande, ich leide unter der Verachtung, ich leide, und trotzdem kommen sie, die Menschen, von allen Seiten in langen Reihen auf mich zu, ich bin Mittelpunkt der feierlichen Handlung, überwacht von Apollon, der jeden Augenblick zuschlagen kann, und ich will meine hochverehrte, unendlich geschätzte Mutter herbeirufen. Ich bin da. Nenn mich nicht mehr Fritz. Die Götter sind tot. Hier ist nichts weiter als ein Körper, der aus den Fugen ist, und der wunderbar dunkle Körper meiner hochverehrten Mutter.

Komm und wasch dich und iß etwas. Du mußt dich hinlegen. Ich mache dein Zimmer zurecht. Komm.

Mein Kopf! mein Kopf! Mama! Ich höre unbekannte Worte, ich erkenne meine Gedanken nicht mehr, nehme seltsame Leute und Gestalten wahr. Liebste Mutter, ich möchte Sie nicht länger behelligen. Ich schäme mich meines Zustandes und werde nur ein paar Tage bleiben. Sie sollten sich nicht einbilden, daß ich noch Pastor werden kann. Dazu muß man über wohlgebaute Sätze, über eine ordentliche Syntax verfügen.

Am folgenden Tag ist Hölderlin in seinem Zimmer. Er spielt am offenen Fenster Flöte; Sommerlicht, Häuser, in der Ferne Felder. Die Stille beruhigt ihn. Er spielt wieder gefällige Melodien. Stehend. Sommer 1802. Und weil draußen jemand stehengeblieben ist, um ihm zuzusehen und zuzuhören, wird er zornig, fuchtelt mit der Flöte in der Hand herum und schreit:

Keine Sätze! Ich habe die Sätze satt! Einen Rhythmus allerhöchstens! He! Einen Schrei! Etwas Getanztes, Gestampftes, so! etwas Geschrieenes, weil eines Tages im Leib des Dichters ——— zerrissen ist, ich kann's nicht ausdrücken. Man soll meine Gäste hier nicht vorzeitig alt werden lassen. Weil eines Tages im Leib des Sprechenden, der Schuster geworden war – das Leder der Seele – OH! weil eines Tages alles in diesem Leib ins Schleudern geriet; eine Kolik des Geistes, eine Zerrüttung der Seele, ein Durchfall des Körpers, OOH! haben mich zerstört. Körperchen, Körperchen, von dem ich gar nichts weiß und das nur im Schatten bedeutender Männer zu seinem Vergnügen kam, Schusterkörperchen, ich weine, ich beweine dich, weil du im Leib einer Mutter wohnst. Ich meinerseits bin ihr Bauch und bemach mir mit dieser ekligen Kolik die Schenkel, und ich stampfe, allein im Offenen, ich saug mich an der Flöte fest, ich blase und trample, damit die unnütze, verletzende Rückkunft der Worte nicht statthat. *Erinnerung ist auch dem Menschen in den Worten.* Ein paar Tage später erhält Hölderlin einen Brief seines Freundes Sinclair, der ihm Susette Gontards Tod mitteilt. Und weil er es schon weiß und weil er versuchte, sich nicht mehr zu erinnern, und weil sich Hölderlin an Sinclairs, vor allem aber an Diotimas Gesicht erinnert, explodiert er, hat einen furchtbaren Tobsuchtsanfall, brüllt, sabbert, schimpft, schlägt Stühle und Nippsachen klein, wird tätlich gegenüber jedermann, jagt sie aus dem Haus und schließt sich einen Tag lang ein, denn es kommt niemand, um ihn herauszuholen.

Hölderlin schreibt einem Freund: ... *ich denke, daß wir die Dichter bis auf unsere Zeit nicht commentiren werden, sondern daß die Sangart überhaupt wird einen andern Karakter nehmen, und daß wir darum nicht aufkommen, weil wir, seit den Griechen, wieder anfangen, vaterländisch und natürlich, eigentlich originell zu singen.*

Die Jahre 1803 bis 1806

»Der tragische Transport ist nemlich eigentlich leer, und der ungebundenste. Dadurch wird in der rhythmischen Aufeinanderfolge der Vorstellungen, worinn der Transport sich darstellt, das, was man im Sylbenmaaße Cäsur heißt, das reine Wort, die gegenrhythmische Unterbrechung nothwendig, um nemlich dem reißenden Wechsel der Vorstellungen, auf seinem Summum, so zu begegnen, daß alsdann nicht mehr der Wechsel der Vorstellung, sondern die Vorstellung selber erscheint.«

Ich mit meiner schweren Zunge bin der zitternde Archivar der Affen von Geblüt. Ich hab Kopfschmerzen. Sie werden zuhören! Sie werden Teiresias zuhören müssen.

»In der äußersten Gränze des Leidens besteht nemlich nichts mehr, als die Bedingungen der Zeit oder des Raums.«

Ich bin jetzt der Herr Bibliothekar am landgräflichen Hof. Ich bin der Herr Archivaraffe, der erhabene Kompilator toter Texte; ein weiteres Mal, auf etwas ehrenvollere Weise, der Domestike einer Kultur, die ich hasse. Ich halte auf gutes Benehmen, aber ehrlich, Bücklinge mach ich nicht, und mir kann's nur recht sein, wenn ich mit den Oberaffen, die mich voller Mitleid, Angst oder Neugier beäugen, nichts zu schaffen habe. Kann ich den Herrn Archivar toter Texte etwa daran hindern, einen fahren zu lassen oder in das wütendste Gelächter auszubrechen? Dann bleiben sie schon weg. Oder aber, umgekehrte Taktik, ich heiße diejenigen, die mich in meinem Arbeitszimmer heimsuchen, mit den denkbar schmeichelhaftesten Titeln willkommen, ich ergehe mich in Bücklingen, Kratzfüßen und Liebdienerei, Majestäten hinten und Herrschaften vorn. Die Oberaffen bleiben dann schon weg.

»Im Tragischen nun ist das Zeichen an sich selbst unbedeutend, wirkungslos, aber das Ursprüngliche ist gerade heraus.«

Ich bin der übergeschnappte Herr Bibliothekar vom landgräflichen Hof. Ich lebe zur Zeit in Homburg. Es schneit, ich zittere. Wann muß ich wohl wieder aufbrechen? Diese Barbaren verstehen kein Wort von meiner Sprache, weil ich Deutsch, Griechisch und Latein vermische. Sinclair ist besorgt. Die Oberaffen machen Politik, und der rastlose Herr Bibliothekar ordnet alte Manuskripte. Ich stampfe in meinem Arbeitszimmer. Ich weiß schon noch, daß Apollon sich mit mir gepaart hat.

Das Feuer des Himmels, ein Verstummen von ausschweifender Heftigkeit – Schweigen, das dem Dichter verwehrt ist, VERWEHRT. Schweigen, sich einmauern. Das höllische Loch der Sprache. Man kann mich, allmählich, auf nichts mehr festlegen.

Eines Morgens teilt mir Sinclair mit, wir müßten in Tübingen Bücher besorgen für die Bibliothek. Seiner schmerzlichen Miene entnehme ich, daß ich nicht nach Homburg zurückkehren werde und daß selbst er, der letzte Freund, sich

seines getreuen, übergeschnappten und eifrigen Bibliothekars entledigen muß. Ich weigere mich, in diese Totenstadt zu fahren. Ich weigere mich. Doch dann sage ich mir: Am Ende bin ich zurück. Sommer 1806.
Weil ich Schluß machen muß zwischen meinem Hang zum Süden und zum Feuer und meinem Hang zum Norden und zur Vernunft, weil die Reise vom Land der Griechen ins Land des Vaters eines Tages doch enden muß, weil ich mich nun im Grenzenlosen befinde, das man als Wahnsinn bezeichnet und zu dem als äußerster Grenze ich vorgestoßen bin, weil ich hier selbst in meinem Körper Pans Natur vertrete und meine Wahnsinnsrolle durchhalten muß, schlage ich mich mit dem Lakaien, der mich in den Postwagen verfrachten will, ich bearbeite ihm das Gesicht mit meinen langen Nägeln, bring ihm an Armen und Händen tiefe Kratzer bei, erwürgen möchte ich den, aber dann steige ich ein, erschöpft, weiß ich doch, daß ich am Ende zurück bin, daß meine Irrfahrt zu guter Letzt aufhört, daß die Schläge zunehmend dichter fallen. Es ist Zeit, ins Schweigen zu tauchen. Ich werde mich durch Verachtung und durch Verstummen rächen. Ich werde mich durch übertriebene Höflichkeit schadlos halten.

Mai 1802

Auf dem Rückweg von Bordeaux, die Stadt lag schon weit hinter mir, auf einem Wegstück, das ich zu Fuß zurücklegen wollte, bin ich unter der Sonne und allein in den Bergen der Auvergne, über die ich schon im tiefen Winter gewandert war, stehengeblieben wie gebannt, in jäher Erstarrung. Mit einer Frage, in ironischer Spannung vielleicht.
Was bring ich mit nach Hause, erwartet mich doch das Ausharren im Lande der Väter? In einem Land, wo ich, lang vor diesem Augenblick, die Sprache verloren habe? Das Land meines Vaters ist nämlich der Boden, wo ich ein Fremdling bin. Was bring ich zurück? Eine summarische Chronologie, Daten, die sich dem Block des Gedächtnisses eingeprägt haben. Und eine Art automatisches Schreiben. Das sollte ausreichen für Augenblicke und Worte.
Und den Wahnsinn.
Er hat's in sich, der Wahnsinn! Ist etwas, das sich regt und

mich abscheidet, ein neues Leben im Körper, andere Worte, die aus mir hervorquellen. Etwas Lebendiges, ein Tier vielleicht, oder auch ein Ding, aber lebendig. Eine andere Art von Vollendung. Die Sprache, nach der ich auf der Suche war ... ein Wort, aus einem Schlag, aus einem Schnitt hervorgegangen. Ich bin ganz ohne Distanz ein Satz, dann ein anderer Satz, wieder ein anderer und nochmal ein anderer. Die Reihe quillt schließlich aus mir heraus, heraus, mit einemmal bin ich die Reihe. Das tut manchmal weh, dann hab ich Lust, mir das aus dem Körper, aus dem Bauch, aus dem Kopf zu reißen. Manchmal ist es auch angenehm.
Auf einer Landstraße bin ich, sie ist von fernem Grün umringt, das versengt mich, und ich schreite voran. Bin auf einer Landstraße ... Wißt ihr, was die Sonne ist und was nicht? Kennt ihr diese blitzende Klinge auf einem Weg, das glänzt derart, bin da, gehe und spüre, wie mir die Sonnenbohrer in die Schädelknochen dringen. Noch warte ich auf das Zeichen, ich laufe, mein Schädel ist der Flamme des Gottes aufgetan, ich gehe Diotima entgegen. Ich weiß nicht mehr ob ich gegangen bin, ob ich gesungen habe, ob ich hingeschlagen bin, ich weiß nicht einmal mehr den Namen, den man mir gegeben hat, damit ich durch Frankreich reisen konnte. Ich schreite offenbar voran, meine Beine sind unermüdlich. Ich bin auf einer Landstraße, auf dem Rückweg von Bordeaux, und ich weiß, daß ich nicht aufrecht ankommen werde, nicht aufrecht. Aufrecht auf einer Landstraße, ihr kennt doch das eisige Schwarz der Sonne. In den Augen, im Mund. Der Schweiß läuft in die Augen, brennt. Die Bäume zittern in weißem Dunst. Ich laufe auf einer geraden Linie, die ins Blau der Berge hinaufführt. Ich bin zu früh aufgebrochen. Zu früh verirrt. Ich laufe voran. Ich bin weit voran. Ich bin ihnen, den Menschen, voraus. Sie sind gut, sie sind böse. Sie haben Hölderlin getötet. Den gab's mal. Sie haben ihn getötet! Ich bin nur noch ein Körper, der zu Diotima heimkehrt. Wut! Ich zittere, und trotzdem sind meine Beine unermüdlich.
Die Welt ist abgeschieden, weil es etwas Dingliches gibt im Menschen, etwas Blockhaftes, Hartes, deshalb sind die Gesichter so unerträglich entstellt, und ich brülle. Da ist ein Gesicht, Nägel hat das statt Zähnen, und in den Augenhöhlen Steine. Es schneidet Fratzen, dieses Fleisch, das Stein gewor-

den ist in einer Fassung aus Weißmetall. Fratzen schneidet das und tut mir weh. Ich heule vor Angst, bleibt doch von mir nichts weiter als die Erinnerung an ein seltsames, wahrscheinlich wächsernes Figürchen im Schlafzimmer meiner Mutter. Ich wußte überhaupt nicht, was es damit auf sich hatte, und jetzt schrumpfe ich zusammen zu diesem Püppchen, das stöhnend in rote Stücke zerfällt.
Dann lauf ich durch ein Labyrinth und weiß nicht mehr, woher diese Sätze stammen, die über die Sprache hinaus sind. Ich renne gegen Mauern, manche sind warm, andere eiskalt, und ich weiß nicht, woher ich gekommen bin und welchem Ende ich entgegengehe. Zuweilen verschwommenes Schimmern, Blitze vielleicht und die Last der Wolken, trotzdem geh ich durch ein Labyrinth, jetzt, in diesem Augenblick. Ich will versuchen, euch alle verrückt zu machen, damit ihr den Schmerz nachfühlen könnt, der mich fertigmacht. Von nun an betreibe ich die Poesie mit ausgefahrenen Krallen, Pimmel und Mösen zum Teufel, ich treibe die Poesie voran, Wort für Wort; mir ist die Sprache abhanden gekommen, und wenn mir belanglose Reste davon wieder einfallen, entdecke ich überall Löcher und Einbrüche. Doch läßt sich das gut singen im anderen, wirren Rhythmus des Körpers. Vielleicht bin ich hierhergekommen in meiner Eigenschaft als Statuette der kleinen Götting, der Dienerin meiner Mutter, eine unmenschliche Figur, die mir manchmal ins Gesicht bellte.
Das geht nicht sonderlich gut. Ich breche wieder auf, traurig und pechschwarz, mit zur Erde gesenktem Kopf. Ich spiel mir auf einem Weg in Frankreich die Komödie des Wahnsinns vor, denn ich will dieses innerliche Schlittern, es zieht mich in etwas anderes hinein, einen Augenblick lang mag ich das, und ich mach mich los und genieße es, dem Gott so nah zu sein, ich, die kleine Göttin, die Dienerin meiner Mutter. Jawohl! Und natürlich ist in meinem Traum diese kauernde Frau, die sich ihre rosa funkelnde Fotze, schön wie die mystische Mandel, glitzernd wie eine Gemme, eifrig streichelt, der Ursprung des Verlustes. Bei meiner Geburt wurde mir Sprache verliehen wie eine Explosion im Mund.
Aus diesem Traum erwachte ich schweißgebadet und spürte in der Hand meinen steifen Schwanz. Ich hatte dich durch-

schaut, meine innigst geliebte Mutter, ich hatte dich geschaut, und jetzt schreite ich, eine Ruine, im Labyrinth der Gebirgspfade voran. Diotima! Diotima! Mußtest du mit mir untergehen? Gut, ich komme nach Hause, um meine Irrfahrt im Land des Vaters wiederaufzunehmen, aber ich werde dort, wo mich die Sprache nach der Zäsur erwartet, haltmachen und mich nicht mehr von der Stelle regen.

Ich will und ich will nicht mehr, ich bin erledigt, ich will alles und nichts mehr, der Blitz hat mich zu Boden gestreckt, da, auf einer Landstraße, ich ging mit gesenktem Kopf, mit dem Kinn auf der Brust. Es gibt Einstürze, vor denen die Sprache versagt. Mein Gedächtnis ist ein Block, dessen alte Inschrift unlesbar geworden ist.

Ah! die langen, schrecklichen und langen Wehen der immer häufigeren Erschütterungen, die meinen Körper heimsuchen, oh! das wilde Wühlen in meinem Kopf, immer tiefer! Sonne, Wut, Sonne, Beben, und der geborstene, schmerzende, in einen eisernen Ring gezwängte Kopf, Wut.

Ich kann nicht mehr. Was ich schreibe, wollen sie nicht, die Revolution will mich nicht, und die Menschen lassen sich eines Tages vom Reichtum bestechen, Diotima wollte mich auch nicht, sie hat nicht ——— nein! Ich war endgültig gebrochen, gefangen in meinem Schrecken und in der tiefen Achtung vor meiner Mutter, der dunklen, väterverschlingenden Göttin. Zutiefst zerrüttet, und im Mund die Sprache, ein Donnerschlag, während der Körper dem Schmerz sich auftat. Seitdem bin ich in diesen Augenblick gebannt.

Bis ich, allein auf einer Landstraße in Frankreich, in der Hitze, allein und einsam im Labyrinth der Gebirge, der Sonne mich öffne, und ich weine und ich lache, ich zittere, denn in diesem Augenblick, der mir wie ein Blitz durch den Kopf fährt, begreif ich, daß ich die Menschen verlasse. Ich bin eine Erdbebensonde im Zentrum der Katastrophe und weiß nicht mehr, wie man Worte gebraucht.

Brennende Erde bin ich, der Blitz, das reine Wort, das ungenannte, und ich erinnere mich an kein einziges Wort mehr.

Ich bin nichts, das Nichts in einem erstarrten Körper. Ich bin das Nichts der Bäume, der Berge, des Himmels, der noch unsichtbaren Sterne, ich bin ganz und gar das Nichts, ein vollkommenes Ganzes, ich bin das Eine und das Nichts, ich geh in den Wahnsinn ein, in den Raum, der dem Dichter verwehrt ist, den habe ich so gesucht. Versengt, versengt bin ich. Apollon fickt mich. τὺϱ φύσεωϱ γναμματεύϱ ἤ ψύ κάλαμσχ ἀποβϱέχων εὔνουν.* Ich spiele, Rhythmus. Ah! die Verzückung eines Schreis, Riesenwoge, Höllenlärm der Seele. Einschnitt, das reine Wort, wenn's kippt, Synkope, wenn das Bewußtsein sich auflöst zu höchster Hellsicht. Ah! Wüste, Raum der Wüste, H zugleich alles und eins im Unendlichen, gleichzeitig abgeschieden. Zäsur. Rhythmus, hämmernde Töne, ich zittre, stampfe. Das Ende: Wohlgefühl in der Entfesselung. Aufs Ende zustürzen, auf die Einheit des Organischen, den Rhythmus. Ah! der Körper, wie sie stampft, die Seele, die in die Ferse gefahren ist, die Wut des kleinen Gottes, dieses Dieners seiner Mutter, geballt in den Waden; das zerstückte Bild des Todes durch Auf-den-Boden-Hämmern wieder eins. Meine Fersen, Zäsur. Das reine Wort ist tödlich, und es hat von meinem Körper Besitz ergriffen. Der Tod versöhnt, vereinigt im Augenblick, wo die Trennung auf ihrem Höhepunkt zur Entladung kommt.
Ich hätt' dir eins geigen können, denkt Hölderlin, der Geliebte, und seine Hand spielt zwischen Mieder und Haut über Susettes Brüste. Sie ist außer sich, bäumt sich mit verdrehten Augen. Ich hätt' dir eins geigen können, aber wenn die Geliebte mit der andern Hand auch auf ihren Leib deutet, ich weiß, ich werde deine Lippen nie zum Singen bringen. Ich denke an Gedichte, an den weißen Gott, der mich quält und niederzwingt, an ihn, der mich zerstört und mich impotent macht. Diotima! Ich spiele nur für mich allein. Der Wahnsinn kommt wie eine Züchtigung, wie eine Erholung.
Ein Mann wehrt sich, aufrecht noch, zwischen den wimmelnden Armen des Feuerpolypen, und die Augen, Ringe, Flammen rundum, die an ihm hochlecken, ihn mit ihren

* Der Natur Schreiber, welcher sein liebenswürdiges Rohr eintaucht.

Saugnäpfen anzapfen und ersticken, sind von einem unerträglichen, durchlässigen Weiß. Der Dichter steht in Flammen. Aus dem Feuer ersteht ein Ungeheuer, etwas Krakenhaft-Menschenartiges, Stille an der äußersten Grenze, grad im Augenblick, wo das Verlangen umkippt, weil es so beharrlich verleugnet worden ist.
Ein Dichter, dessen Leib das Feuer liebkost, läßt seinen Mund erstarren überm Loch eines Schreis. Das Gerippe wird von Zuckungen und Krämpfen geschüttelt. Selbst festgepinnt tanz ich, stampfe ich.

Hölderlin ist wieder einmal zurückgekehrt. Er kommt von Bordeaux, ist da weggegangen, weil der Konsul seine bizarren Sätze nicht mochte und weil er selbst plötzlich aufbrechen wollte, zurück nach Frankfurt, zu Diotima. Hölderlin denkt immer noch, daß er sie ihrer Familie abspenstig machen kann. Doch er will sie vor allem wiedersehen, will sie sprechen hören. Er hat das Gefühl, daß sie ihn ruft. Und hier, mitten im öden Gebirge, kracht er sich platt auf den Bauch ins Gras, sein Körper windet sich in Krämpfen, der Kopf zerplatzt. Hier, in der glühenden Sonne dieses Mainachmittags, geht er in den Wahnsinn ein und fühlt sich regelrecht zweigeteilt. Es zieht ihm vor Schmerz die Beine zusammen, Knie bis zur Brust, dann entspannen sie sich. Er hämmert auf den Boden, wühlt sich mit dem Kopf ins Gras. Der ganze Körper wird von Zuckungen geschüttelt, als ob er's mit der Erde treiben wollte. Nach den Schüttelkrämpfen lang anhaltende Schauder. Sein Körper wird ruhig, rührt sich nicht mehr, die Arme bilden ein Kreuz. Hölderlin beginnt zu brüllen. Hunde schlagen an. Noch einmal kniet sich der Dichter hin, den Kopf zur Erde gebeugt, und reckt den Hintern der Sonne entgegen.

... und haben fast
Die Sprache in der Fremde verloren.

Schimmernd bricht ein weißes Schwert durchs Gewölk. Dröhnen, das den Blitz ankündigt. Beben vorm Strahl des Gottes. Ich seh nichts mehr vor mir, nichts mehr. Das weiße Schwert berührt mich im tiefsten Innern. Apollon zerschmettert mich. Ich halte inne auf meinem Rückweg ostwärts, ich bin offen. Mit seinem Schwert fickt mich Apollon in den Arsch. Die Wörter lösen sich auf. Mama! Das Ei Sonnenblume, in den Arsch geschleudert, ist im Blitz verschmort. Nichts zu machen, da sind keine Götter. Weil du dir die Sprache der Götter allzusehr aneignen wolltest, reißt dich, wenn die Luft dünner wird, der Höhenrausch mit sich fort. Dir geht die Luft aus, du zerbrichst und brüllst zuletzt in lang erwarteter Gefangenschaft. Apollon dringt ein. Sein langer Schwanz, goldner Feuerstrahl, ich hab gespürt, wie er mir glühend durch die Lenden fuhr. Und aufgelöst, zusammenhanglos, übergeschnappt sack ich ab an einen Ort, der ferner, viel ferner ist als Kindheit. Ich bin im Ganzen.

Wo die Götter weilen, im erhabenen Himmelsraum über den höchsten Wolken, wo sie ihrer Macht frei walten, wo ihnen jeder Blitz jederzeit möglich ist, da ist ein scharfer Grat, da ist leere Unendlichkeit, in der, stell ich mir vor, entfesselte Bewegung herrscht. Ich dachte, daß ich dahin Zutritt hätte, hab gesagt, der Dichter schwingt sich dahin auf und singt, aber Apollon hat mich gefickt, und sein Blitz hat mich bis auf die Knochen verglüht. Nichts ist dort.

Meine Wut ist unsäglich, und sogar in der Sonne, wenn glitzernd vor mir eine Fliege summt und zwei Amseln mit raschelnden Flügeln im Blattwerk zetern, sogar in dieser Stille, in diesem Raum nach dem Blitz, aus dem ich jeden schmerzenden Gedanken verbannt habe, bin ich nichts weiter als mütterliche Wut, ich, Hölderlin, ein rasendes Weibchen. Gut, zu Menschen spreche ich nicht mehr, ich suche nur noch meines Körpers Da-Sein. Oh! Ich steh in Flammen, hier im freien Feld. Frühling 1802.

Insektengezirp, Bienengesumm, in den Tannen Vogelgeflatter, und dahinter Feuer, Feuer hinter den Bäumen, Feuer bis zum Himmel, und der Blitz! Sei still, schrille Stimme des Dunkels, sei still! Verglüht bis auf die Knochen, verbleibe ich Asche, für Menschen stimmlos. Hab meine Rückfahrkarte, vielleicht auch den Ort meiner Rückkunft. Keine Ahnung gehabt, wie einfach das ist.

Irre sei ich, sagen sie. Sie schwätzen allerhand über mich und über die Sprache, die der Dichter einst gebrauchte. Stolz sei ich, sagen sie, wenden sich ab. Erster Frühling. S'gibt nichts zu sehen, nichts zu wissen, nichts. Wo ich die Götter wähnte, ist nichts. Die Götter, ach was. Poesie, ach was. Die Weiber, ach was, ein Kreuz. Trotzdem, der Blitz hat mich getroffen.

III

TÜBINGEN, AUGUST 1806 BIS JUNI 1843

durcheinander, weil's die Zeit nicht gibt, nicht einmal die absurde Abfolge der Jahreszeiten, weil ich, Terrorist und schicksalsergeben, Gespür habe für die Entfesselung, die Gleichzeitigkeit von Geburt, Tod und Leben, der letzten kalten Zuckungen, des Frühlings, der gepflückten Früchte, des Winters, des Herbstes und des triumphalen Sommers.

Seht ihr, Barone!

Herbst 1808
Die nagende Angst davor, so zu erkalten – noch immer hielt mein Herz im holprigen Vorfeld stand –, so eisig zu verhärten in immer dünnerer Luft, daß mich die Menschen dann vielleicht verstoßen würden, so zu erkalten, auch Sarkasmen kamen mir nicht mehr über die Lippen – und im Traum sah ich, wie meine Zähne bis zur Wurzel bleckten, und ich wollte weg, mich zurückziehen ins Öde.
Die Flüsse aber entflammen die Erde noch immer, fressen sich abends im Sonnenlicht mit strömender Weißglut in sie hinein. Häuser, Kirchtürme, Dörfer so blau, so still, in der Ferne die Wälder, Schattenflecken so friedlich über den Bergen. Oh, Welt der Bäume, der Felder, oh, Licht! Oh, Erde, schöne Gattin des Himmels, und ich laufe, gebrochenen Geistes, und ich weine.
Ich laufe, ich gehe, damit meine Irrfahrt reine Geste der Verweigerung sei, ich gehe, beweg mich einfach voran, laufe und tue keinem ein Leid. Sie hätten mich, wie's mir gefiel, in Forst- und Schäferhütten, in Bauernhäusern leben lassen sollen, laufen lassen sollen über die Hügel. Ich hasse den Staat.
Aber die Flüsse ziehen im Nebel dahin.
Ich hab mich ans Ufer eines bescheidenen Flusses zurückgezogen. Sie glänzen, die Flüsse, sind sie auch schwarz, sind sie auch schlammig, selbst unter tief erloschenem Himmel.

Sommer 1824
Endlich hab ich ihn kennengelernt, den Augenblick, wo die Nacht hereinbricht und es gleichzeitig tagt. Ich mache das folgendermaßen: Ich verharre stundenlang, Tag und Nacht, im gleichen Gedanken, in der gleichen Empfindung, in annähernd der gleichen Körperhaltung, in einer Reglosigkeit also, die keiner Veränderung unterliegt; und weil die Zustände nicht mehr wechseln, verrinnt die Zeit nicht mehr, die Zeit bleibt, etwas bleibt, und die Augenblicke verschmelzen, überlagern sich, einfach durch diese Stetigkeit, durch mein unerschütterliches Beharrungsvermögen, ich, der Mensch in regloser Leere, wann immer ich will. Dann lauf ich, lauf ich

nach Lust und Laune, über die Ebene, unermüdlich. 1652 und 1847, 1728 und 1804, 1945 und 1119, das sind Entsprechungen. So sehe ich gleichzeitig, wie es tagt und wie die Nacht hereinbricht, ich, der Mensch, ich sitz in meinem Zimmer mit den Fenstern überm dunklen Neckar.
Es ist Nacht. Eine Kerze brennt. Ein Schmetterling ist in einem Spinnennetz hängengeblieben, schleift es hinter sich her, müht sich und flattert auf dem Boden herum. Dunkles Irrlicht aus vergiftetem Samt, Irrlicht der Panik. Tanzende, flattrige Agonie sieht mich an.

Winter 1807/1

Es ist lange her, daß ich so unter der Kälte gelitten habe wie im vergangenen Jahr im August bei meiner Rückkehr nach Tübingen. Man hat mich da nicht meinen Verdiensten gemäß empfangen; ein Freund ließ mich im Stich, und ich fiel einem gefährlichen Affen anheim, der wollte mich mit einem Maulkorb kurieren. Mir war kalt, sehr kalt, ich fühlte mich wie klirrendes Glas und wäre doch gerne an den Ufern des Neckars und durch die Straßen gegangen, und sei's nur aus Nostalgie und Verachtung, um auf die Dummheit zu spucken, in der man mich hatte verwurzeln wollen. Dank, ihr Magister, für die Angst, für die Ironie, die ihr mir ahnungslos beigebracht habt. Der Ring schloß sich; ich war klirrendes Glas in einer eisigen Stadt. Mir war kalt, wenn ich bedachte, wie lächerlich ein derart festgelegtes Schicksal ist. Aus dem Kreis trat ich in einen sphärischen Raum, und mir war kalt. Die Zeit ein Ring, die Erziehung ringförmig, und mein Laufen eine Art Kreisen vom Feuer in den Frost, ein Suchen nach der Mutter, dieser Kugel schlechthin. In ihr eingesperrt, bekomm ich auch noch einen Maulkorb verpaßt, in eine Zwangsjacke stecken sie mich, weil die Irren bellen, weil die Worte des Wahnsinns beißen. Die Gefahr muß erstickt werden, man zwingt mich, den Mund zu halten, blockiert mir die Kinnbacken. Ein Maulkorb, wo ich grade die freie, die neue Sprache gefunden habe; von ihrem Rausch, von ihrer unwiderruflichen Schadhaftigkeit könnte ich ein Lied singen, jawohl, jenseits von Schweigen und Grunzen, aber man zwingt mich, es in den Abgrund des Körpers zu schlingen, mein Gebrüll.

Winter 1807/2

Das Herz des Menschen ist ein kalter Knochen, die Ebene ist gefroren, weißes Herz, die Ebene ist einsam, die Ebene ist der Schmerz, das Herz des Menschen ist ein Knochen, er schlägt nicht mehr. Aus dem Knochen kriechen brüchige Wurzeln bis in die Gliedmaßen. Die Ebene ist nah, trotzdem vergißt der Mensch, daß die Bäume – vielleicht – noch Schatten spenden. Das Herz ist ein gleißender Knochen, der schlägt nicht mehr, es ist das Herz des Menschen, der von seinem Turm in die Ebene hinunterblickt wie in die blaue Weite seines Schmerzes. Und wenn Erinnerung auch in den Worten ist, der Mensch hat jetzt kein Gedächtnis mehr; er will keins mehr haben, er bleibt in seinem Zimmer, nicht mehr auf seiten der Menschen, eingesperrt. Ruhig ist's da, gut ist es da. Herausschreien möchte der Mensch die Worte, die aus der Kälte des Knochens kommen, in die Brust geschleudert hat man ihm den. Dies Herz hat mit dem der anderen, jenem gewöhnlichen, pochenden, das voller Blut ist, nichts mehr gemein.

In einem blauen Bademantel steht Hölderlin an einem Fenster seines Turms, vielleicht eine Stunde lang, vielleicht zwei, sieht zu, wie es schneit. Der Neckar ist schwarz. Die Insel da drüben verschmilzt mit der ferneren Ebene hinter den Bäumen, ermüdendes Glitzern. Verwischte Gestalten schwirren ihm durch den Kopf. Sanfte Ruhe ist heimisch geworden in endloser Dauer, so sanft in absolutem Leiden, so beharrlich, daß der Mensch, da, außer Reichweite ist. Und er spricht:

Die Ebene ist der Schmerz des Menschen, vor ihm ausgebreitet, trennt nichts sie von seinem Körper, nicht einmal Mauern, nicht einmal ein Fenster sind ein Hindernis, nicht einmal der schwarze Neckar. Der Mensch ist diese schmerzliche Weite, in der Blick und Worte sich verlieren, umherschweifen, und nichts hält die unerträgliche Bewegung auf, keine Abgrenzung, keine Hecke, kein Baum, gar nichts, nichts, es sei denn Worte, die noch von der Blendung und vom Leiden reden, von der Irrfahrt in diesem platten Raum, dem Menschen, der sich schmerzlich dem tief verhangenen Himmel entgegenreckt.

Knöchernes Herz – Herz-
klumpen, flirrende Enten
kaltes Herz, und der Mensch schaut
faßt die Ebene vor sich ins Auge, so weit
so platt wie sein Schmerz, Herz
dem weiße Wurzeln entsprießen –
entsprießen in tote Glieder hinein
ruhig, ruhig, weil
Knochen schon Tod ist
schon Tod ist, erstarrter Aufflug
weil er als Form
harte Gleichgültigkeit ist, und wenn, wenn
dies Organ einmal noch schlagen möchte
aufrecht wacht da am Fenster der Mensch,
zügelt es, friert es ein, will es fast unwandelbar,
Knochen, dessen Masse zuletzt nichts mehr,
nicht das geringste mehr wiegt.

Vor ihm die einsame Ebene, so leer, so fern und so gegenwärtig, so kalt ist sie, so platt, so groß, daß sie an den Himmelsraum stößt, ihn zu sich herunterzieht, erniedrigt, alltäglich macht; so gegenwärtig die einsame Ebene, daß sie das Relief der Höhenzüge schluckt, den Blick mattsetzt. So kalt, so platt wie ein toter, am Leichnam des Menschen hängender Wanst, daß er weint und spürt, ihm sei Verschwinden versagt. Er entdeckt, außer Reichweite, seinen Schrei, schnurgerade strebt er dem Rande der Fläche entgegen, schnellt dann zurück über die Einöde wie ein Pfeil. Erwünschte Kälte hat von mir Besitz ergriffen. Er wird, aus dem Körper entspringende Linie, über die Ebene streifen und, rückkehrend, durch mich hindurchschlagen; Widerstand, der seine Wucht milderte, findet sich nicht, Gebrüll, das mir nun, der einsamen Ebene halber, nicht mehr über die Lippen kommt. Ich leide ihretwegen, ihrer Eintönigkeit wegen. Nur dieser schweigende Schrei ist der Mensch dann noch. Er ist dieser Raum, der ein Loch ist, Taumel, Unendlichkeit, wo die Worte sich ihres Sinnes begeben haben; verlorener Raum. Mein Kopf!
Einer, im Menschen drin schreibt noch, gewohnheitsmäßig, neutrale Texte mit immer den gleichen, verbrauchten Voka-

beln, Texte, so platt wie die Ebene, Texte, geschrieben, sieht man, von einem vom anderen Ufer, auf der andern Seite einer nunmehr unüberbrückbaren Scheidung, Texte einer Maschine, die von der Welt nichts mehr will. Pallaksch! Der Herr Bibliothekar, Archivar toter Sprachen, hat die Sprache eingebüßt und verachtet diejenigen, die sich noch immer einbilden, ihr Sachwalter zu sein. Die Texte schreiben sich fort und fort, mechanisch, ohne bestimmte Absicht, fast täglich, Zeichen für das nicht Darstellbare.

Das Herz des Menschen ist ein kalter Knochen, die Ebene eine Eiswüste, die Texte sind platt. Der Mensch ist nicht der Meinung, Dinge seien's, die Unheil stiften. Der Mensch empfindet nichts, weiß nichts, sieht dem Schnee zu, der die Häuser an den Abhängen erstickt, der die Ebene ferner, den Fluß noch schwärzer macht. Standpunkt, Landschaft. Massenhaft platte Texte. Der Mensch spricht, der Mensch schreibt ununterbrochen. Erinnerung ist ihm auch in den Worten, die keine Boten der Götter mehr sind. Wie stell ich's nur an, mich nicht mehr zu erinnern? Gegrollt haben sie, die Götter, hinter ihren Wolken. Einer hat mich gefickt. Niemand wußte, daß der ernannte Bibliothekar jener unerbittliche Archivar war, der aus aneinandergereihten Wörtern für nützlich und edel befundener Bücher Tod und nicht darstellbaren Wahnsinn herauslas. Der Archivar schreitet voran, allein, denn die andern haben keine Traute. Das Herz des Archivars ist ein Knochen, Schnitzwerk, Hüter eines deutungslosen Wortes. Nichts war bei den Göttern. Nichts. Nichts als der eisige, nicht zu atmende Raum unendlicher Wortreihen, etwas wie durcheinandergerührte Sterne und Fleischstücke, Augenblicke und Teile von Frauen- und Männerkörpern. Da bin ich geblieben, mich hat's erwischt. Der irre Archivar des Nichts, endgültig, sanftmütig, schicksalsergeben.

Äußerste, heftige Verweigerung, weil mich die andern in eine Falle gelockt haben, ließen sie es doch nicht zu, daß ich der Tod bin, mit einemmal, daß ich die zerfetzten Worte bin, daß ich das Maul aufreiße und alle Zäsuren, allen Taumel auf mich nehme. Ich bin der eingelochte Archivar, die Ebene ist einsam, das Herz ist ein fühlloser Knochen. Der Mensch in seinem Turm ist das aufrechte Wahrzeichen der Verweigerung. Übergänge sind nicht mehr möglich. Mich hat's er-

wischt, das Herz des Menschen ist ein kalter Knochen. Manchmal schreit der Archivar seine Trauer laut hinaus.
Erinnerung ist dem Menschen auch in den Bildern, die sich jäh formen im glitzernden Schnee und wieder zerfallen. Wieder und wieder schwebt Diotima, ein weißer Schatten überm Neckar, am Fenster vorbei. Sie allein hatte Gespür für das Dunkle, das in dem jungen Mann offenlag, für dieses Pulsieren des Offenen, das schließlich sein eigenes wurde, und wir schlossen uns im Ganzen ein. Diotima! Der Archivar schreit seine Trauer laut heraus.
Hölderlin öffnet das Fenster, beugt sich vor. Auf seinem Gesicht Schneeflocken wie leichte Stiche der Kälte. Hölderlin brüllt. Eine erstickte Stimme, die nicht trägt.
Trauer darüber, nicht zurückzukehren, im Ganzen zu sein, im absoluten Dunkel einer Gebärmutter. Natur, Tod! Ich war voraus, Diotima. Ich werde weiter voranschreiten, mir was überziehen, über die Ebene laufen und nach deinem eisigen Schatten haschen. Ich zieh mir die Schuhe an. Meine Mutter ist streng hinterher. Ich werde nach Frankfurt gehen. In Sicherheit vor den Göttern und dem Reichtum der Bankiers. Die Menschen sind böse. Die Menschen sind böse. Abhauen! An den Majestäten ist nicht viel dran, und die Herrschaften, das sind gar keine! Geht! Das Feuer des Nordens unterstützt uns darin, ausschließlich vom Verlust zu sprechen, von der Trauer, von den Worten, die sich sacht aneinander vorbeibewegen und mit Diotimas Bild im Schnee verschwinden. Oszillation im Leeren, das Offene, das Offene. Nichts schließt sich mehr, Archivar der toten Sprachen. Meine Schuhe, her mit meinen Schuhen, ich laufe nach Frankfurt.

Sommer 1810

Im Thale rinnt der Bach, die Berg' an hoher Seite,
Sie grünen weit umher an dieses Thales Breite,
Und Bäume mit dem Laube stehn gebreitet,
Daß fast verborgen dort der Bach hinunter gleitet.

So glänzt darob des schönen Sommers Sonne,
Daß fast zu eilen scheint des hellen Tages Wonne,

Der Abend mit der Frische kommt zu Ende,
Und trachtet, wie er das dem Menschen noch vollende.

d. 24. Mai 1758 *mit Unterthänigkeit*
Scardanelli

Nachts die Stille, die Innigkeit der Welt und das der Sprache so ferne Geräusch der Dinge, wenn nur dieses lautlose Reden statthat und ich mich in die Sphäre versenke, die von meinen Empfindungen, von mir auf dieser Welt, von Scardanellis Welt erfüllt ist, und wenn nichts Äußerliches mehr ist.

Herbst 1833
Ich schreibe in zunehmendem Maße mit der Zeit, das heißt, ich lasse sie gewähren, und die Worte kommen genau im richtigen Augenblick. So schreiben sich Seiten, die den Kunstgriffen des Handwerks, den Umständen, dem Zufall der Art und Weise nicht mehr verpflichtet sind, all das ist so fern, sondern die sich auf meinem Körper eng mit der Zeit verflechten und seine Worte vermitteln. Ich habe kein Bewußtsein eines Innen, eines Außen mehr und kann wirklich sagen, daß dank dem Reiferwerden der Zeit, die auf andere Weise vergeht, in der Stille zwischen den Seiten die Ahnung von Sprache aufdämmert.
Am Ende meines Lebens bin ich soweit, daß ich es kaum kenne und noch weniger erfahre, dieses Vorherwissen. Deshalb bin ich durch die Wut gegangen, durch den Wahnsinn, durch stumpfsinnige Gleichgültigkeit. Jetzt warte ich, ohne mir Illusionen zu machen, in einer Art Weisheit auf den Tod. Ich laufe immer freier, immer tiefgründiger, mein Atem gewinnt Raum. Ich bin weit, weit über die Trauer hinaus. Männer und Frauen ergehen sich in goldenen Gärten. Von alters her. Sie kleiden sich nicht mehr wie früher.

Mit Ruhe, Scardanelli.

Herbst 1809

Wie eine Bühne, indessen wissen wir, daß Stille ist um diese Stätte und daß keine Maschinerie dahintersteckt.

Im Süden die Ebene, die in diesen Tagen wie Brot wirkt, und am Fuß des Turmes der Neckar, nördlich die Treppe zum Haus, eine Straße, Autenrieths Klinik unseligen Angedenkens, und weiter entfernt Tübingens hohe Häuser, die gestaffelten Universitätsgebäude, gelehrte Steilhänge, und noch weiter in der Ferne, auf der anderen Seite des Schlosses, wieder Universitätsgebäude und Kliniken; sie werden, das seh ich voraus, in Angelegenheiten anderer Narren die Partei des Staates ergreifen. Ich dagegen bin ein unschuldiger Terrorist, eine Bombe mit Zeitzünder. Westlich im Nebel der Neckar, der am Fuß des rotschopfigen Schloßberges vorbeifließt, östlich der Neckar unter einer Brücke, verlassene Häuser und Gärten. Und rundum Stille, die Zeit steht still.

Majestäten, die ihr der Zergliederung anheimgefallen seid, solltet ihr diese Szene auch ins Jahr 1809 verlegen können – für denjenigen, der da offenen Auges auf seinem Bett liegt und nicht mehr erwartet, daß die Zeit vergeht, ist kein Datum mehr möglich, oder alle Daten sind eins. Auf seinem Bett liegend, erwartet der Mensch weder Tag noch Nacht, wünscht sich weder Sonne noch Mond herbei, und wenn der Mond dann durch die Äste der Weiden hindurch sacht über die Wände des Zimmers streicht, ist nichts Besonderes zu vermerken. Keine Freude, keine Klage. Der Mensch auf seinem Lager richtet sich ein wenig auf, nimmt das fahle Licht an der Wand wahr und erinnert sich, daß er die Menschen verlassen hat, um sich grenzenlos in der Landschaft seiner Mutter zu bewegen.

Die Sonne scheint in die Kammer des Menschen im Hause des Tischlers Zimmer. Das ist die einzige unbestreitbare Tatsache. Den Konsequenzen dieses Augenblicks braucht man nicht aus dem Wege zu gehen.

Hölderlin steht auf, geht auf seinen Tisch zu, macht zuerst Notizen auf einem Blatt Papier, dann entschließt er sich anders und ritzt, sicher nicht wie irgendein Gefangener, sorgfältig mit einem Brieföffner in die Wand: 1245, 1467, 1569, 1568, 1856, 1143, 2515, 1327, 1653, 1762, 1789, 1789, 1789,

1804, 1723, 1940, 1913, 1548, 1432, 1897, 1898, 1899, 2067, 1945, 1963, 1738, 1843, 43, 44, 1976, 1977, 1247 usw.
Er sieht sich das Häufchen Gips auf dem Boden an. Er lächelt mit leeren Augen. Betastet die Einschnitte in der Wand, spürt ihre Unebenheiten und Vertiefungen. Er lächelt.

Sommer 1806
Los! Verschweigen wir nichts! Das Grenzenlose ist lebenslängliche Gefangenschaft in Mutters Bauch. Verschweigen wir nichts! Ist die Irrfahrt durch das Ödland des Vaters. Und Wahnsinn bedeutet, daß man diese Ekstase nur durch Respekt, kälteste Distanz und Verachtung zum Ausdruck bringen kann. Wahnsinn bedeutet, daß man statt eines väterlichen Leichnams den Gott aufsucht. Und daß man an ihn glaubt, an diesen Gott, daß man an ihn glaubt, daß man sich in der glühenden Sonne von ihm in den Arsch ficken läßt. Und im Gedicht dran glaubt, felsenfest.
Hölderlin ist in seiner Zelle, auf allen vieren. Auf allen vieren streicht er die Wände entlang. Er spricht und grunzt. Er reibt sich an den Wänden. Mit einemmal steht er auf, brüllt: Gebt mir Papier, Tinte und Feder! Ich muß schreiben! Ich muß! Sie können mir das nicht antun, Autenrieth! Mir ist klar, wer dich schmiert, damit ich schweige und nur noch grunze. Ganz klar! Die Goethe, Schiller, Gontard, sämtliche Bankiers und Herzöge, Theologen und Professoren! Alle wollen, daß ich das Maul halte! Daß ich, was das Schreiben angeht, ein toter Mann bin. Angst haben sie! Gib es doch zu, du Domestike, sie haben Angst vor dem, was ich schreibe! Gebt mir Tinte und Feder!
Stille. Hölderlin rennt gegen die Tür, schlägt mit aller Kraft dagegen, versucht sie mit der Schulter einzudrücken. Er hält erschöpft inne. Draußen rührt sich nichts. Er läßt sich wieder auf alle viere nieder und stöhnt wie ein verwundetes Tier.
So werde ich souverän. Reine Sprache. Auflösung dieser idiotischen Chronologien. Seit mir die Leidenschaft für die Vollendung den Rest gegeben hat, bin ich zu allem in der Lage. So ist das Buch kein Buch und das Gedicht kein Gedicht mehr. *Bald aber wird, wie ein Hund, umgehn / In der Hizze meine Stimme auf den Gassen der Gärten.* Sieh mal an, das hab

ich bereits geschrieben, vor kurzem. Bringt mir etwas zum Schreiben!

Und da immer noch niemand auf sein Geschrei eingeht, kracht Hölderlin, bleich, aufgelöst, von Krämpfen geschüttelt, mit gräßlichem Gebrüll den Stuhl an die Wand. Stemmt den Tisch übern Kopf und schmettert ihn gegen die Tür. Beim dritten Mal bleibt nur noch Kleinholz übrig.

Also, verschweigen wir nichts! Hier, zu Beginn des Unternehmens, das die Zeit durcheinanderbringen und den Worten trotz aller Wut ihre farblose, mechanische Kraft lassen will, ist die Person eines Arztes vonnöten. Ein gefährlicher Affe, noch verrückter, noch bedrohlicher, eine Gestalt, die mit ihrer Sucht zu heilen auch die künftige Menschheit heimsuchen wird. Verschweigen wir nichts! Mit mir beginnt die innige Beziehung zwischen Künstler und Irrenarzt. Vielversprechend! Es werden andere kommen, ich sag euch nichts weiter als das, viele, zahllose, und die Staatsmänner, die Reichen und Machthungrigen werden nach wie vor Majestäten sein, die in ihrem Fett versacken. Man tötet das Volk! Man tötet das Volk! Immer verrückter werden wir sein, immer wahrer.

Man hat die Zellentür aufgeschlossen. Drei Männer kommen herein. Dann noch einer, Autenrieth, er geht hinter ihnen her, überholt sie und kommt auf mich zu, steif, in vernünftiger Distanz. Er sagt kein Wort, begutachtet nur mit strenger Miene, die weder über seine Angst noch seine Grausamkeit hinwegtäuschen kann, die Reste von Stuhl und Tisch.

»Packt ihn! Haltet ihn fest!« sagt der gefährliche Affe zu den drei anderen; die fallen über mich her. Zu dritt, denn ich bin immer noch kräftig. Sie verdreschen mich, weil ich mich wehre; eine unerhörte Kraft hat von mir Besitz ergriffen, eine unbändige Wut. Sie packen mich an den Beinen, am Hals, an den Schultern, an der Brust, und ich schaffe es mehrere Male, mich loszustrampeln, obwohl Autenrieth sie auffordert, mich dingfest zu machen. Der Kräftigste nimmt erneut Anlauf. Da die beiden andern gerade von mir abgelassen haben, erwarte ich ihn, breitbeinig aufgepflanzt, täusche nach links, er fällt darauf herein, und ich lande einen wunderschönen rechten Haken, so daß er groggy ist. Er geht zu Boden. Autenrieth kann, so zornig er ist, seine Bewunderung nicht ver-

hehlen. Aufrecht, massig steht er vor mir, der schreckliche, fürchterlich grinsende Affe, der Verrückte heilen will, indem er ihnen die Kinnbacken festklemmt, er steht vor mir, der Gelehrte, der Fachmann, das ist er, der Folterknecht, eine dräuende Gestalt, die künftig keine Ausnahme mehr sein wird, mit der gleichen Unverschämtheit – verkörpert er doch Ordnung und Reichtum – wie der Lakai, dem ich das Gesicht zerkratzt habe, als man mich nach Tübingen brachte.
Sie gehen wieder zum Angriff über, alle drei gleichzeitig. Einen schick ich mit einem Fußtritt zu Boden, aber man verpaßt mir einen Nackenschlag, und die Beine knicken mir weg. Sie sind über mir, verschwommen. Autenrieth, der Wahsinnsdoktor, lächelt mir zu und will mich zur Vernunft bringen, lächelt mir zu und glaubt, mich zur Vernunft zu bringen, mich, den Menschen auf der Suche, auf der Suche, der aufstampft und nur den Frieden will. Und die andern, seine Komplizen, seine Handlanger, stürzen sich wieder auf mich; ich stoße mit Armen und Beinen um mich, aus Leibeskräften, denn mir ist klar, daß ich mich wehren muß. Schließlich kriegen sie mich unter. »Laßt mich! laßt mich! Was stellt ihr mit mir an? Warum seid ihr so brutal? Was habt ihr mit mir vor? Ich kotz euch an! Laßt mich! Ich will hier raus! Mir tut all die Sonne in meinem Kopf so weh. Mir tut das Wort weh, ich bin das Wort und ich sterbe dran! Laßt mich!«

Winter 1812

Vereisung, zerschundenes Leder, Frost, weißer Schleier, Braut des Winters, und die Lie——— ich bin kalter Stein im Knochen. Der schwarze Glanz eines Vogels flirrt überm Spiegel des Neckars. Tränen, nichts da. Schmerz, unbarmherzig, ein Blutfleck im Schnee. Da hock ich und spür, wie der Tod sich regt, denn nichts friert ihn ein, kälter als er ist keiner. Weiter! Lauf! mir brennt was in den Nasenlöchern, die eingeatmete Winterluft. Ah, der verputzte Turm! Ich seh meine Fenster. Kleiner fleißiger Student, Musterschüler wahrscheinlich, weißt du, daß Wespen dem Irren ein Loch in die Stirn gebohrt haben? Weißt du, er sagt, *der Born der Weis-*

heit sei heut' vergiftet, die Früchte der Erkenntniß seien hohle Taschen, eitel Trug. Er läuft, Scardanelli, und ein summender Sonnennebel aus Wespen umschwirrt ihm selbst winters den Kopf. Lauf! Auf dem Spinett in meinem Zimmer spiel ich Stund um Stund seltsame, eindringliche Rhythmen.

Der Schmerz liegt auf dem Spiegel des schwarzen Wassers; Gesichter tauchen aus ihm auf, die muß ich wieder ersäufen, sie platzen wie unausweichliche, stinkende Blasen. Tränen, nichts da, Gedächtnis, nichts da. Der Mund, derselbe Mund offen vor drohenden Zähnen der Mutter, der Professoren, der Bankiers. Oh Jahreszeiten! Im Winter krampft sich das Jahr zusammen. Wieder ruft mich derselbe Mund, zahnlos heute und stinkend. Lauf! In der Ferne Stege aus Rauhreif, blendender Nebel, der Schloßberg so blau. Sich den Kopf einrennen, sich das Gedächtnis zersäbeln in der schneidenden Kälte der Wintersonne. Das Gedächtnis zerstückeln. Bluten da ganze Brocken, rot und frisch. Sie sagen aber, und sie meinen, ich hör's nicht, ich hätt' tote Augen. Pallaksch! morgen geh ich ein Schöppchen trinken. Die Menschen sind gut, die Menschen sind böse. Gegenwärtig die Ebene, fern das Korn. Die Enten mag ich von Herzen gern. Vielleicht Musik, mit Sophokles, nicht darstellbar. Wer mag das sein, nun, da die Götter abwesend sind, wer ist der da in seinem vierfenstrigen Turm, den Apollon zuschanden gefickt hat? Ich will keinen Namen mehr haben. Die Welt ist schön, die Welt ist kaputt. Da sind Wörter, und im Hals, kehlig, jähe Erschütterungen.

Sei zärtlich zu mir, kleine Frau, Göttin. Die Innigkeit der funkelnden Welt allzu gegenwärtig. Mir glühn Kristalle im Arsch. Die Zeit läuft in sich zurück, und das Licht erstirbt mit einemmal im Schwarz der Tannen. Ich bin nur mehr ein Haufen Wörter. Der Zorn der Götter ist nicht mehr, nur das Grollen eines Gewitters, fern am Himmel, ein Hagelwetter: meine Fingernägel Stund um Stund auf der Tastatur des Spinetts. Oh, Turm, schwimmend im Schatten des Flusses. Ich möchte aufbrechen, zu Fuß nach Frankfurt, ihr in Frankfurt zu Fuß entgegen. Singen möcht ich, sie wieder besingen, doch der Schmerz allein …

Frühling 1822

Es ist Jahre her, da drang ich sonntags in die düstere Dichte des Waldes am Schloßberg ein und ging bis zur Wurmlinger Kapelle. Zusammen mit Hegel und Schelling. Wir unterhielten uns, und ich wußte recht wohl, daß ich mit meiner Ausdrucksweise im Abseits stand. Von diesen Spaziergängen bleiben mir nur Empfindungen, sie allein überdauern, was meinen früheren Zustand betrifft, und schlagen eine Brücke zwischen dem, was ich war, und dem, was wir heute sind, ich in der unendlichen Vielfalt der Wesen, ich im Einen und abgeschieden; wie ich einst hoffte, es zu erreichen allein durch die Kraft des Schreibens sowie ein besondres Vermögen, das ich besaß: ganz und gar Welt, Empfindung zu sein, alle Wesen zu sein und ein Augenblick, ein Körper in einem gegebenen Augenblick, im Verhältnis zur Sonne, zur simplen Wiederholung der Jahreszeiten, eine Farbe, ein Licht, ein Glanz zu sein, stets um der Sonne und der sich drehenden Erde willen, um der Wolken, des Schnees, der Sterne willen, des Mondes im Blau der Nacht. Heut sind wir nur mehr Empfindung! Empfindung von Wörtern, die so gegenständlich, reich und einleuchtend geworden sind wie alle natürlichen Wesen, also überhaupt keinen Sinn mehr haben, es sei denn, daß sie kommen, daß sie zwangsläufig ins Leben aufsteigen wie alles übrige auch.

Sommer 1818

In der Milchstraße gähnt ein schwarzes Loch, und tief drin flimmert, ungewiß, ein sehr ferner Stern. Da ist der Schwarm Hähne des Kaiserreiches sowie der Pferdekopf, der Kometen speit.

Herbst 1821

Heut muß ich diesen Text lesen, den ich in meinen Papierstößen gefunden habe, muß ihn laut lesen angesichts der Ebene, zum Beweis, daß ich mir durchaus bewußt bin, was mir geschehen ist, weshalb mir jetzt nichts geschieht, mir morgen nichts geschehen kann. Es geschieht mir nichts. Nichts mehr.

Hölderlin öffnet das Fenster und schreit:
»Aber in Hütten wohnet der Mensch, und hüllet sich ein ins verschämte Gewand, denn inniger ist achtsamer auch und daß er bewahre den Geist, wie die Priesterin die himmlische Flamme, diß ist sein Verstand. Und darum ist die Willkür ihm und höhere Macht zu fehlen und zu vollbringen dem Götterähnlichen, der Güter Gefährlichstes, die Sprache dem Menschen gegeben, damit er schaffend, zerstörend, und untergehend, und wiederkehrend zur ewiglebenden, zur Meisterin und Mutter, damit er zeuge, was er sei geerbet zu haben, gelernt von ihr, ihr Göttlichstes, die allerhaltende Liebe.«
Und er wiederholt noch lauter:
»Und darum ist die Willkür ihm und höhere Macht zu fehlen und zu vollbringen ... der Güter Gefährlichstes, die Sprache ... gegeben, damit er schaffend, zerstörend, und untergehend, und wiederkehrend zur ewiglebenden, zur Meisterin und Mutter ...«
Und er breitet weit die Arme aus vor der grauen, nebligen Ebene und schließt brüllend:
»Zur Meisterin und zur Mutter! Zur Geliebten und zur Mutter!«
Heute, wo mir nichts geschieht, kann ich auch einfach sagen, daß ich in Bejahung dieses Verlangens lebe, daß ich verrückt bin, daß ich über alle Kraft und Kunst verfüge, mich von der Wärme, von der tiefen Harmonie des mütterlichen Leibes zu nähren. Heute besitze ich sie, die Jahreszeiten kommen und gehen, und ich zähle die Jahre nicht mehr. Wenn's Gott nicht gibt, ist das meine Gottheit.
Von da drüben auf der Insel, auf der andern Seite dieses Flußarmes, sehen mir zwei Studenten zu. Ich bedenke sie mit einer tiefen Verbeugung.

Frühling 1809
Hölderlin und Zimmer machen einen Spaziergang. Sie schweigen und gehn langsam der Sonne entgegen. Es ist ein schöner Spätnachmittag. Sie bleiben stehen. Hölderlin wendet sich Zimmer zu.
»Zimmer, siehst du, Zimmer, dir hat die Natur die ruhige Verläßlichkeit der Bäume verliehen, siehst du, ich bin jetzt so glücklich, daß ich bei euch wohnen kann, und nie wird jemand erfahren, daß ich mich bei meiner Entlassung aus dem

Klinikum, hinter dieser Fassade eines Mißhandelten – mein Leib keuchte, der Geist war gebrochen –, daß ich mich hinter meinem von Leiden und Wut verheerten Gesicht glücklich fühlte, war ich doch diese Ebene im Sonnenlicht, wie frei war ich, wie dankbar, wie weit, unendlich mein Wohlwollen gegenüber der Welt, nahm man auch äußerlich weiter nichts wahr als den schwarzen, zerstörten Umriß eines gemarterten, in seiner Simplizität verleugneten Sehers. Mir war verboten worden, zu sprechen, verboten worden, zu schreiben, sie stauten die Worte zurück, die summend in meinem Kopf, in den Armen, im Bauch und in den Beinen herumschwärmten, die in meiner Brust wimmelten. Wie mit Hundebissen sind sie mit den Worten umgegangen, haben mir einen Maulkorb angelegt. Ich bin der Hund der Sprache. Aber heute ist's sonnig, und der Sommer steht bevor. Zimmer, nach meiner Rückkehr aus der Hölle war da die Welt, waren die Leute, Pflanzen und Dinge, ich konnte ihnen wieder einen Namen geben, konnte die Worte der Welt aussprechen und beruhigte mich, ich fand wieder zu meiner Gottheit, ist meine Gottheit doch Sprechen, eine unendliche Freiheit, und ich anerkannte die einleuchtende Tatsache, daß die Welt und die Worte, selbst wenn sie nicht zusammenpassen, gemeinsam da sind, ohne mich, ohne die andern, selbst ohne daß wir uns als Bewußtsein dessen begreifen müßten. Pallaksch! In der Ebene weben die Bäche ein Silbertuch, und gegen Abend möchte der Mensch noch träumen, noch laufen wie dieses lichte Netz. Zimmer, weil du da bist mit den Deinen, bleibt etwas in mir lebendig. Zuallererst hast du mir einen Tisch und einen Stuhl gegeben, damit ich schreiben konnte, Blätter, Tinte, eine Feder. Und du hast mit mir gesprochen, das hab ich gespürt. Hast mir gesagt, daß du *Hyperion* mochtest. Ich hab's gespürt.«

Zimmer faßt Hölderlin unter. Sie gehn weiter über die Böschungen des Neckars, den Weinbergen entgegen.

Herbst 1807

Dann setzen sich die drei Schinder auf den Menschen, der am Boden liegt, zwei auf die Beine, der dritte rittlings auf den Brustkorb, der drückt ihm mit den Knien die Schultern ge-

gen den Boden und hält ihm die Arme überm Kopf fest. Der Mensch rührt sich nicht mehr und stöhnt. Rasch wird er an Beinen und Handgelenken gefesselt, damit Autenrieth, der Weltverbesserer, nach Lust und Laune mit ihm experimentieren kann. Ich werde es mundtot machen, das arme Genie. Scheißgenie! Elender, kranker Tropf, Versager, der aus Ehrgeiz verrückt geworden ist, ich werde dich kleinkriegen und die ganze Bosheit, die in dir steckt, herausholen.
Den Menschen, den man niedergestreckt und entsprechend verprügelt hat, überfällt ein quälendes Grauen vor der Macht der Dummheit, der Unwissenheit. Autenrieth tritt heran, legt ihm um den Kopf – um den Kopf des Menschen, den man fertiggemacht hat – den Maulkorb aus hartem Leder, der sich Mund und Unterkiefer genau anpaßt und die Bewegung des Kiefers durch stark angezogene, hinter dem Kopf verknüpfte Lederriemen blockiert.
Autenrieth sagt mit ruhiger Stimme: »Hören Sie mir gut zu, Hölderlin. Ich will Ihnen nichts Böses antun. Diese Vorrichtung soll verhindern, daß die Bosheit als Gebrüll oder unverständliche und unflätige Worte aus Ihnen herausfährt, denn das steht einem Menschen ihrer Erziehung schlecht an. Mit der Zeit werden Sie dieses Laster zwangsläufig ablegen, und das Übel in Ihrem Innern wird an sich selbst ersticken.«

Winter 1823
Im Ganzen stampf ich, fühle das Beben der Sätze. AH! Im Ganzen tanz ich, lauf ich, tanze vom Blitz gebannt, öffne den Schädel der neuen Zeit des Todes. Ich tanze, ganz wirr, meine Trauer. Ich bin der Satz, der Rhythmus jenseits der Stille, kein Abstand zwischen meinem Körper und mir, zwischen Körper und Tod, Körper und Satz, Satz und Rhythmus, ich tanze, hämmre auf den Boden, ich rase im Ganzen.
Ich bin kaputt, kaputt bin ich, der Rhythmus reißt mich mit sich fort, schüttelt mich, verloren bin ich, und aneinander reihn sich die Jahreszeiten, fliehen, vergehn. OH! wie ich tanze, aufstampfend, die Flöte am Mund, mit den Fingern hämmere ich auf die Tastatur, und meinen Tanz skandieren der Winter, der Frühling, der Sommer, der Herbst zuletzt, verleihen ihm Ewigkeit. Nichts steht mehr still, ich geh im

Strome der Zeit, bin die Zeit, und ich laufe, frei, von einem Augenblick der Dauer zum andern. Es geschieht mir nichts, ich bin so neutral wie die Welt, bin die Vögel, und die Schneestürme tanzen mit mir. Einmal hat mich Apollon gefickt; eine Züchtigung vielleicht, vielleicht eine Auszeichnung. Sein langer Schwanz, ein goldner Feuerstreif, fuhr mir zwischen die Lenden. Da bin ich an einen Ort gefallen, der ferner, viel ferner ist als die Kindheit. Ich bin im Ganzen.

Mein neues Leben beginnt jeden Tag; indessen verengt sich das Jahr, um in den Winter zu münden; und da die Erinnerung, wie ich einem Lakaien der Ordnung die Nägel ins Fell schlug. Meine Wut ist danach. Auf daß sie nicht nachläßt, haben die Dummköpfe, die diese Welt beherrschen, mich in Fesseln geschlagen, mir einen Maulkorb verpaßt. Meine Nägel sitzen noch in ihrem Fleisch. Während die Kutsche über die Straße nach Tübingen holperte und Sinclair, damals der letzte Freund – ich erinnere mich genau –, nicht wußte, wie er sich verhalten sollte, spielte ich Flöte und schaute zu, wie durchs Fenster des Wagenschlages die Ebenen, Wälder und Felder vorbeizogen, sah die Dörfer, den Himmel, den Schatten der Bäume, die Wolken. Ich spielte Flöte. So frei war ich schon, daß ich nicht mehr zu Menschen sprach. Ich spielte, blies und stampfte auf den Boden der Kutsche. Sinclair traute sich nicht, den Mund aufzumachen, denn ihm war klar, daß ich wußte, wohin wir fuhren, daß ich, ZURÜCKGEKEHRT, mit ihm zusammen das letzte, endlose, dem Tod so verwandte Wegstück meiner Fahrt antrat.

Im weißgrauen, stürmischen Schneegestöber über der verschwommenen Ebene ziehn, kaum wahrnehmbar, der Geliebten, der Mutter Gesichter vorüber.

Was hier statthat, ist eine Vertiefung, weil ich ausschließlich damit befaßt bin, meinen Körper in ein möglichst stimmiges Verhältnis zur Welt zu bringen – mittels der Perspektive, aus der ich sie betrachte, mittels je nach Zeit und Jahreszeiten unterschiedlicher Weisen, Luft zu holen. Das ist meine Gottheit. Und die Worte, die kommen, die Sätze, die Redensarten der Sätze sind davon geprägt. Der milchige, von Windböen bewegte Raum der Ebene, der Bäume unterm

rieselnden Schnee, und die Gesichter von Mutter, von Diotima verschmelzen, trennen sich, berühren sich, überlagern sich aufs neue. OH!
Mir ist kalt. Ich zieh es nicht mehr aus, mein langes Gewand aus dunklem Tuch, das man mir so zurechtschneidern mußte, weil ein Landstreicher, dem ich in der Ebene begegnet bin, so eins trug. Die Erfahrung von einst kehrt dem Menschen über Einzelheiten wieder.
Ich bin kaputt.
Winter. Jeden Winter, im ersten und endgültigen Winter, taucht Diotima wieder auf und pocht mir im Rücken. Alles gefriert mit einemmal, das Licht an den öden Flußufern vereist. Ich bin Scardanelli, Schuster. Lese die Werke der Erfahrung von einst noch einmal und sag mir: »Wie schön das ist! OH! wie schön das ist!« Ich spiel mir diese Musik jeden Winter im belfernden Dunkel aufs neue vor. Zu lang, diese Nächte.

Herbst 1817
Als es sich herumgesprochen hatte, daß meine Wutanfälle ausblieben, ließen die Besucher nicht lange auf sich warten, sie kamen und gingen durch mein Zimmer, durchs Haus, durch den Garten, denn man wollte den armen großen Dichter in seinem angeschlagenen Zustand besichtigen. Ein paar tiefe Bücklinge, selbst Zimmer und die Seinen spielten mit. Nennen Sie ihn den Herrn Bibliothekar, erwähnen Sie nie seinen früheren Namen, sprechen Sie nicht von der Vergangenheit, usw. Und sie kamen und gingen und achteten darauf, mich nicht zu verärgern oder zu erzürnen. Ich schrieb Verse für sie, so regelmäßiges Zeug. Und sah sie mir an, diese Ankömmlinge aus einer andern Welt; seltsam und falsch waren die meisten. Pallaksch! Manchmal hat's mir Spaß gemacht, mich mit diesem oder jenem zu unterhalten. Sie sind immer sehr höflich. Es geschieht mir nichts.
Zimmer öffnet die Tür und sieht herein. Er sagt:
»Da ist ein Herr, ein Reisender, Franzose, er hat in Frankreich Ihre Bekanntschaft gemacht und kennt Ihre Bücher. Er möchte Sie besuchen.«
»Den kenn ich nicht.«

»Er kommt von weit her, und für Sie ist's interessant, nicht immer nur mit uns Umgang zu haben. Empfangen Sie ihn.«
»Was macht er denn für einen Eindruck?«
»Ein gutes Gesicht, glauben Sie mir.«
Ich zucke die Achseln, Zimmer geht. Sie kommen herauf. Zimmer führt ihn herein und stellt mir Monsieur Soundso vor; der sagt zu mir:
»Einen schönen guten Tag, Herr Bibliothekar.«
»Meinerseits demütigst, Majestät.«
Und ich verneige mich tief, mache einen so ekelhaft unterwürfigen Bückling, daß Soundso erstarrt.
»Und was verschafft mir«, führe ich die Konversation fort, »die unendliche Ehre eines Besuches Ihrer Majestät?«
»Ich habe Ihre Werke gelesen und wollte Sie sehen.«
»Die Werke, die Sie erwähnen, sind mir unbekannt.«
»Sie erinnern sich doch, Ihr Buch ...«
»Majestät möchten bitte geruhen, nicht darauf zu bestehen.«
Und ich starre ihn möglichst stumpfsinnig an.
»Schreiben Sie immer noch? Wie vergeht Ihnen der Tag?«
»Ihre Majestät ist zu gütig, sich mit einem armen Bibliothekar zu befassen. Vergehen die Tage, oder sind wir's, die im Laufe der Tage vergehen?«
Soundso wirft Zimmer einen Blick zu, um sich zu vergewissern, ob das Gespräch gut verlaufe. Zimmer lächelt ihn an. Soundso schaut sich in der Kammer um und weiß nicht, was er sagen soll.
Da ich von diesem Touristen die Nase voll habe, trage ich allmählich eine gewisse Nervosität zur Schau, Verkrampfungen der Hände, Ticks, ruckartige Bewegungen. Der Besucher verzieht sich prompt.
Sie sind gegangen, und mir kommen die Tränen. Setz mich ans Spinett und spiele ununterbrochen, zwei Stunden lang.

Frühling 1814
Mein unermüdliches Laufen, es war das Laufen eines Kindes, das seiner Mutter immer wieder davonlaufen wollte ins Land des Vaters, aber stets zurückkam in die dunkle, verzehrende

Welt der hochverehrten Mutter, der angebeteten Mama. Vom Feuer in den Frost führte meine Irrfahrt, die Griechen waren Einwohner eines Traumes, wo vielleicht der Vater beheimatet war, und eines Tages wurde mir klar, daß weder die Götter waren noch der Vater, und ich wußte auch, daß der weiße Gott des Lichtes, der glühende Sonnengott mich gefickt hatte, und so bin ich zerschmettert, vom Blitz getroffen, ein letztes Mal in Mutters Haus zurückgekehrt und hab mich nicht länger gesträubt, diesem Laufen ein Ende zu setzen. So bin ich auf dem verworrenen Pfad dieses unsteten Daseins auch einer Frau begegnet, dem Feuer einer Leidenschaft, hab im Unglück Verzicht geleistet, und im Tragischen tat sich ein Einschnitt auf; jetzt bin ich da und seh von meinem Turm überm Neckar herunter zu, wie der Schnee fällt, heute, an einem Frühlingstag. Und ich bin verrückt, ein Verrückter, der Ruhe sucht in einem abgeschlossenen Raum. Vielleicht bin ich glücklich, bin auf immer in Mutters Bauch zurückgeschlüpft. Aber der Schmerz ———
Wenn ich so zeitig aufgebrochen bin, so zeitig aufgebrochen bin von Mamas Haus ... fürchtete ich vielleicht, daß sie verrückt werden könnte, OH! ich erinnere mich an meine entsetzliche Angst, als ich merkte, wie sie bemüht war, mir zu verheimlichen, daß sie mich, mich, den Sohn ihres ersten Mannes, hätte lieben können.

Sommer 1833
Christiane Zimmer betritt Hölderlins Kammer, die Tür steht offen. Hölderlin trägt einen blauen, an manchen Stellen etwas verschossenen Morgenrock. Christiane sagt zu ihm: »Guten Tag, Herr Hölderlin.« Nur sie, die beiden Zimmerschen Töchter, dürfen ihn manchmal mit seinem Namen anreden.

»Guten Tag, Christiane, du bist frisch wie das Licht dieses Morgens. Die Götter können zufrieden sein.«

»Herr Hölderlin, ich möchte Sie bitten, sich zu waschen und die Wäsche zu wechseln.«

»Nein.«

»Auch nicht dem Licht dieses Morgens zu Ehren?«

»Auch nicht.«

»Auch nicht der ...«
»Nein, Christiane. Ich habe gesagt: nein. Es ist noch nicht Zeit, zu wechseln. Nein, nichts da!«
»Und die Fingernägel, die Sie beim Klavierspielen stören und vor denen die Leute so erschrecken, wollen Sie sich auch nicht schneiden?«
»Nein. Das schon gar nicht. Hast du nicht bemerkt, daß das Klappern meiner Nägel auf den Tasten auch Musik ist? Reine Musik gibt es nicht. Darüber sollte man sich keine Illusionen machen.«
»Götter hin oder her, Frische hin oder her, Klavier hin oder her, jedenfalls müssen Sie sich waschen und saubere Wäsche anziehen, denn Sie stinken und belästigen jedermann!«
Hölderlin bricht in schallendes Gelächter aus, wirft den Kopf in den Nacken. Da steht er mitten im Zimmer, steht da und lacht, verloren, er lacht, lacht schallend, und sagt schließlich:
»Ja, du hast recht, Christiane, ich stinke. Und du, ob du willst oder nicht, hast die Frische dieses Morgens, und die Götter sind zufrieden.«

Sommer 1819

Wir, Bibliothekar der Bücher, aller vergangener und künftiger Bücher, wir, Hüter des Wahnsinns, der ihrer Niederschrift vorsteht, sind der Meinung, daß wir bis jetzt an der Dummheit der Welt Anteil hatten und auch weiterhin haben werden.
Wir, irrer Archivar des Schreckens, des Ganzen, des Abgeschiedenseins und des Einsseins – all das ist in den Büchern verzeichnet –, haben beschlossen, uns der Stille zu überantworten. Diese Idioten sollen sich nicht etwa einbilden, das sei Untätigkeit.
Wir, ehemals Hölderlin, Bibliothekar, haben beschlossen, ausdrücklich das Amt des geheiligten Hüters schweigender Bücher zu übernehmen. Und die falschen Priester der Kultur, der Militanz, der Politik, der Meinungen, AH! AH! sollen sich nicht etwa einbilden, das sei Abdankung.
Wir, geheiligter Bibliothekar, ehemals Dichter und Literat, haben beschlossen, im Schweigen des Volkes, in den einfa-

chen, alltäglichen Gesten des Volkes zu leben. Und diese Schwachköpfe sollen sich nicht etwa einbilden, das sei Wahnsinn, wie sie ihn verstehen.

Wir, Scardanelli, haben auf die Spekulationen des Verstandes, auf geistreiches Gerede, auf Intrigen und gemeines Feilschen, auf die Eitelkeit der Literaten verzichtet. Sie müßten uns unsre Verweigerung abnehmen, müßten sie hinnehmen, haben wir uns doch bis in denTod hinein zu Schweigen, Trauer und Schmerz verpflichtet, wir, aufrecht, lachend, tanzend, weinend, wir mit unsern verkrampften Händen, unseren langen Fingernägeln, dem erstorbenen Blick und einem Gesicht, das verzerrt ist von Ticks, von Schocks, die der Blitz des Himmels und die Ungewißheiten des Geschlechts ausgelöst haben. AH! Es geschieht mir nichts. Nein!

Solln sie doch glauben, was sie wollen, die verkappten Barone, Majestäten und Herrschaften! Unser Schweigen, seine Ganzheit, seine Dichte, das Absolute unserer Verweigerung brauchen nicht bewiesen zu werden, sind Zeichen unsrer in der Schwebe befindlichen Existenz. Nein, nicht nur das. In unserem Schweigen, unsrem Wahnsinn erklären wir, Archivar schweigender Bücher, Bibliothekar, mit Entschiedenheit, daß wir im Offenen umgekippt sind und in ihm laufen und daß daraus künftig der tiefe Wahnsinn, der Schreibwahnsinn keimt. Zittern werden sie, die mit Literatur, Meinungen und Kultur befaßten Dummköpfe, wenn sie dieses Schreiben des Schweigens zur Kenntnis nehmen und es zerpflücken und leugnen, dieses verrückte, umfassende, ausschließliche, umfassende Schreiben, Schreiben wohlgemerkt, während alles übrige den herkömmlichen Kommunikationsmitteln zuzurechnen ist: ich bin hungrig, ich möchte kühlen Weißwein, liebe Gott, und dein Tun ist wohlgetan, ich liebe euch, ich hasse euch, es ist schönes Wetter, usw.

Sag ich aber: der Schrei der Vögel da, dieses Geschrei des Leidens, unerträglich, wie Schreie von Kindern, die man zu Tode bringt. Plötzlich umfaßt dieser Lärm da die Klage sämtlicher Menschen, die zur gellenden, zur heiseren Unschuld der schreienden Vögel um mich herum verurteilt sind. Und ich habe Angst. Angst vor dem Wort in der Schwebe, vor dem Schrei, der nicht kommt. Aber ich weiß, es ist da, uranfänglich, unmöglich.

Wenn ich das sage, Barone, hab ich nicht das Gefühl, einfach so zu schreiben, für nichts und wieder nichts, um etwas mitzuteilen, ich schreib nicht wie die andern, die in ihren Geschichten, in ihren in einen Rahmen gezwängten Sätzen die Unterdrückung reproduzieren, die die Herrschenden üben.
Und sag ich: Oh! die zitternden Kinder, die sich in den schwarzen Gängen des Labyrinthes verirren, hab ich zwar das Gefühl, daß ich schreibe, doch nicht unbedingt den Eindruck, daß ich euch was zu verstehen gebe.
Von Westen her erhebt sich ein Wind, zunächst in einzelnen Böen. Dann erfaßt er alles, und die Bäume gestikulieren immer heftiger, immer ausladender. Alles um mich herum ist Bewegung, Taumel, wird mit fortgerissen wie etwas, das man geschrieben hat und das nichts besagt. Um meinen Tanz herum tanzen die Bäume.

Winter 1978
Auf der Stirn des Dichters klafft ein Loch tief in den Schädel; diese Schlagwunde mit gezackten Rändern ist voller Wespen, die auf Fleisch genauso scharf sind wie auf Blumen. Läuft Hölderlin das Ufer des Neckars entlang, schwebt für einen Augenblick, wenn die Sonne untergeht und die Schatten über der Ebene Nacht verbreiten, um seinen Kopf eine Art zarte Wolke, ein goldner Nebel, der summt und brummt. Das ist die noch immer vibrierende Spur des Blitzes, der ihn geschlagen hat. Vielmehr: sein offener, vom Blitz zerschmetterter Kopf speit, ein Krater, Reste prasselnder Glut aus sich heraus.
Offenbar ein Winter der Wespen.
Hubschrauber surren herum, Polizeiwagen fahren die Straßen der Gegend ab, weil man auf Grund eines Hinweises vermutet, junge Leute entdeckt zu haben, deren Personenbeschreibung auf diejenige gesuchter Terroristen zutrifft.
Hölderlin hat sich im Schweigen niedergelassen, weit weg von Literatur, von Theorien. Ihn tragen Worte, die ungeordnet, ja schmerzlich aus ihm hervorbrechen; unmittelbar am Rande des Schweigens hat er geschrieben, er sei schmerzlos. Doch er leidet, wie nie ein Mensch gelitten hat. Und von

diesem Blitzschlag, dieser Schmerzlosigkeit, einer souveränen Gleichgültigkeit, spricht er auf andere Weise. Über dieses Loch im Schädel, wo das Feuer des Himmels, scheint's, seine Spuren hinterlassen hat, redet er anders: er hat sich von Apollon ficken lassen. Sagt: Der gewaltige Schwanz des Gottes, tief in den himmelwärts gereckten Arsch gerammt. Das war in den Bergen der Auvergne, in Frankreich, auf dem Rückweg von Bordeaux.

Winter 1815
Laß ich das Schreiben laufen, wie's kommt, geht etwas vor sich, was gelernten Regeln nicht mehr gehorcht, es bleibt aber ein Rhythmus, unzerstörbar, hat man ihn einmal, ein einziges Mal gefunden. Auf dem schwarzen Neckar gleiten die Enten vorüber, andre fliegen überm Wasser hin; und die frostigen Böschungen, und im Garten der Schnee. Noch immer kommt Diotima, küßt mich auf die Stirn, aber ich will doch, daß sie über mir ist, über meinen Körper herfällt, während ich auf dem Rücken liege; sie spreizt die Beine und wird naß vor Lust. In diesem Zimmer ist zuviel Papier, noch immer zuviel Papier. Solche Stapel können den Blitz des Gottes anziehen. Sind da die warmen Sommernächte, das Wetterleuchten, und im Dunkeln die Studenten, die feiern, weil sie nicht schlafen können. In der Nacht verstand Hegel überhaupt nicht, was ich sagte, weil er nicht wußte, woher es kam. Hegel ist das Schweigen versagt. Hegel hat kein Wissen. Heut hat mir der Wein gut geschmeckt, und die Ebene war nicht so schmerzlich. Bald muß ich blaue Lilien pflükken, mich an ihrem betäubenden Duft berauschen, dran ersticken, mich an die Wiege erinnern und an den Blick, der's nicht wagte, als Blick einer Geliebten in meinem zu ruhen, sondern, ahne ich's doch, als derjenige meiner Mutter, dieser dunklen, steifen Puppe. Dunkle Puppe. Es gibt riesige Scharen dunkler Puppen, ihr Geschlecht und ihr Blick sind nicht auszumachen; von ihnen kann man nur sagen, daß sie ein falsches, von den Reichen indessen gutgeheißenes Bild des deutschen Volkes sind. Die wächserne Puppe ist gleichfalls des Schweigens Hüterin in einer Nische von Mutters Kammer. Es gibt Dingliches im Menschen, die Menschen sind

glücklich, die Menschen sind unglücklich. Kein Übergang. Frost der Finger, das Weiß der Klaviertasten, absolutes Schweigen. Keine einzige Geste des Körpers vonnöten, auf meine Entscheidung hin ist die Musik schon da. Keine Geste, und schon blickt mich die Ebene an, flach, furchterregend, sie weist auf mich, sie, die fortwährend anwesend ist, weiß. Es gibt hier allzu viele alte Texte, die ich mit Wohlgefallen wiederlese. Blas mich, Diotima. Ich weine, ich schreie, zuletzt wichse ich. Meine hochverehrte Mutter, ich ergieß mich in Sie. Aber es ist wohl besser, ich halt's zurück, denn es würde mir leid tun, Ihr theologisches Gefühl zu verletzen. Untertänigst Ihr ergebener, hingeopferter Scardanelli, der kleine Pastor. Tiefe Verbeugung! Es macht mir Spaß, wenn die Majestäten meine Kammer zitternd und bebend betreten und mich mal mit süßlichem Mitleid, mal voller Angst betrachten, als sei ich ein eingesperrtes wildes Tier, ein stinkender, geiler, dreckiger Fuchs. Aber ich mach meine Musik und schreib ununterbrochen, und kommen die schönen Tage, geh ich hinaus in die Sonne, pflück Blumen, und im Spätsommer schüttle ich Zwetschgen. Komisch, wenn dieses Obst mir auf den Kopf fällt. Ich flechte Kränze für Zimmer, seine Frau und seine beiden Töchter, und auch ich, des Wissens ledig, trag einen Kranz, den der einfachen Leute.

Sommer 1820

Wir, verrückter Archivar von Texten, die unter Auslegungen, unter Geschichte verstorben sind, Archivar, dem das wilde Wesen toter Texte Gewalt angetan hat, wir, ehemals Hölderlin Friedrich, haben nach einigen unzureichenden Grenzerfahrungen im Schreiben und Reisen, Rückkehr und Zerstörung garantiert, den Entschluß gefaßt, uns genau im Grenzbereich anzusiedeln und als lebendig Toter, als Verrückter, Stummer und Verlangender, als einer, der noch immer schreibt und spricht, gleichzeitig aber in tiefem Schweigen verharrt, auf den Tod zu warten.

Wir, geheiligter Bibliothekar, Hüter schweigender Werke, fassen den Beschluß, die Zäsur zu leben im Wissen, daß sie nirgendwo ist, eine Erfahrung, die wir beim Laufen gemacht haben.

Wenn Hölderlin Klavier spielt, sagt ein Student – ein angehender Theologe, der in Zimmers Haus wohnt – zu einem Kollegen, der ihn in Tübingen besucht, tut er das offenbar weder sitzend noch stehend, sondern bewegt sich, während er auf die Tasten hämmert, in der Kniebeuge, mit ausgestreckten Armen an der Klaviatur vor und zurück wie beim Vögeln; mit hohlen Lenden stößt er den Bauch nach vorn, zieht ihn dann wieder zurück, und die unerhörte Gewalt seiner Musik schallt durchs ganze Haus, erfüllt es und zwingt die Mitbewohner, sich ihr zu beugen, zu schweigen, geriete doch sonst der Dichter in eine entsetzliche Wut; er wäre dann, sagt man, imstande, jemanden umzubringen, er, der für gewöhnlich so sanft ist wie ein Wickelkind. Ein Wogen ist das, eine Tonkaskade unerhörter Rhythmen. Sie lassen ihn stundenlang, zuweilen ganze Tage lang spielen, denn das beruhigt ihn, dämpft seinen Schmerz, und schließlich ist er Friedrich Hölderlin. Dann singt er in einer Sprache, die keiner versteht, singt so herzzerreißend, so eindringlich, daß manche Leute die Hände ringen und ihnen die Tränen kommen. Er macht uns verrückt. Er leidet an einer Trauer, die verwindet er nicht. Er ist gefangen in ihr.

Sommer 1832

Es ist die Stunde der Spätnachmittage gegen Ende des Sommers, das Licht wird milder und steckt die Bäume, das Haar der jungen Mädchen in Brand.

Hölderlin sitzt im Garten. Er hat Weidenruten geschnitten, dann ganze Arme voll Blumen gepflückt und flicht jetzt geschickt zwei Kränze, schlingt Freude, Licht, Bäume und Blumen ineinander. Nun sind sie fertig, er schwenkt sie überm Kopf in der Sonne, ruft Christiane und Lotte herbei, sie sollen kommen, sich vor ihm neigen. Er setzt ihnen die Kränze auf und spricht:

»Ihr Göttinnen des Volkes im Lichte.«

Lotte klatscht in die Hände und lacht, Christiane lächelt, und Hölderlin klatscht auch Beifall. Er grüßt sie, freut sich wie ein Kind. Zwei junge Mädchen im spiegelnden Glanz des Flusses und der Blätter. Das Glück übermannt den verrückten Dichter in ihm. Er gibt sich ihm hin und tanzt mit den

beiden Kindern eine Runde, bittet sie, mit ihm zu singen. Dann skandiert Hölderlin die Worte des leicht und fröhlich begonnenen Volksliedes, hämmert den Rhythmus und bringt es, indem er sich brüllend auf der Wiese im Garten wälzt, allein zu Ende.
Beruhigt, aber mit verkrampften Händen spricht Hölderlin:
»Melanchthon, Melanchthon! Der schafft da oben im Haus mit all dem Leim der Nacht auf den Schultern.«
Christiane und Lotte haben sich ins Haus geflüchtet.

Herbst 1822
Musik. Keine Worte, keine Sätze, einen Rhythmus allerhöchstens. HE! Einen Schrei, gewiß. Sicher, einen Schrei. Etwas Getanztes, Gestampftes, Geschrieenes, weil eines Tages im Leib des Dichters, in seinem Körperkopf ——— zerrisen ist, ich kann's nicht ausdrücken. Man soll hier meine Gäste nicht vorzeitig alt werden lassen. AH! Weil eines Tages im Leib des Dichters, des Schusters, der – das Leder der Seele! OH! weil eines Tages etwas zusammengebrochen ist, Nervenmaterial, Kolik der Seele, weil mich ein krampfartiger Durchfall kaputtgemacht hat. Politisch, politischer Körper. Bankrott. Körperchen, Körperchen, von dem ich gar nichts weiß und das nur im gefürchteten, gehaßten Schatten bedeutender Männer, fremder Affen, voller Entsetzen zu seinem Vergnügen kam, Körperchen Scardanellis, ich beweine dich, du steckst in der Mutter drin. Bin mein Bauch und bemach mir mit gemeiner Wärme die Schenkel, und ich stampfe, allein im Offenen, ich saug mich an der Flöte fest, tanze und blase, damit die unnütze, verletzende Rückkunft der Worte nicht statthat. Weil mit ihnen die ekelerregende Welt einer Kultur, in der ich ein Fremdling war, wiederkehrt. Ah! Mama, das Wort lügt. Das kratzt mich bis in die fahlen Knochen hinein. Damals in Frankreichs Marmor Nachbildungen griechischer Götter um ein Brunnenbecken herum unter Bäumen. Eine weiß glänzende Nachbildung. Geschliffener Stein ist kalt wie ein versteinertes Gerippe. Das kratzt mich bis ins Eis der Abgötter hinein. Ich spiele, ich schreie, ich trample über Kaiserreiche, und die Jahreszeiten verfließen.

Die Wärme einer Kolik und die eisigen Knochen des Steins, des Steingottes. Reglos im Offenen, bin ich verstummt, zuweilen packt mich noch eine verrückte Ehrfurcht, dann laß ich das Tanzen. Das Mutterwesen in meinem tiefsten Innern wie ein schwarzer See, Bewegungen der Finsternis, Erschütterungen im Leib, und im Kopf eine feurige Stachelkrone. Ich bin allein im Offenen, ich tanze. Selbst reglos tanz ich, stampf ich.
Über Tage hinweg die Angst, die steigt an, wie ein Teig aufgeht, und macht einen schweren Klumpen aus dieser Zeit da, der trennt mich von mir selbst und von den andern und überhaupt allem. Die Angst geht auf und verdichtet sich, ich werde zu nichts und habe entsetzlich Angst vor meinem Geschlecht. Angst, die tagelang anschwillt. Wieviel lange Anstrengung noch, wieviel harte Arbeit eines Klausners, bevor mir aufgeht, daß ich mir selbst kein Gegenstand des Hasses bin, welch langes Harren, bis mir klar wird, daß ich Mama, um sie nicht zu verlieren, so tief in mich eingesogen, sie verschlungen, mir einverleibt habe, so nachhaltig und innig, daß ich Mama geworden bin. Sanft lauert da der Wahnsinn auf mich, da, in meiner Doppelnatur, hat er mich gepackt, der Tod kündigt sich an als einziger Ausweg, dem schmerzlichen Spiel, das mir solches Vergnügen bereitet, ein Ende zu machen. Da, AH! entdeck ich das Mutterwesen in mir wie einen schwarzen See, der mir verbietet, zu lie———, andere Frauen zu lieben. Pallaksch!

Sommer 1812
OH! ja! Sinn für die Fotze hab ich gehabt wie kaum einer! Zum Verrücktwerden war das! Mich faszinierte, entzückte, vereinnahmte das derart, daß ich nicht imstande war, eine Frau zu vögeln. Nein, nicht imstande. Die Fotze war für mich eine Welt der Vernichtung, ein unermeßlicher Raum, und ich ließ das Vögeln bleiben. Dann Poesie, blablabla, und zu guter Letzt Scardanelli, untertänigst. Seht ihr, Barone, so war mein Leben; Mama, Poesie, blabla, und zu guter Letzt der demütige, unselige, stumme, in seinem Turm gefangene Schuster. Ich tanze in Mamas Ganzheit. Stoßt in die Fanfaren! Noch bin ich der Dichter. Bis zu dem Tage, wo mich Apol-

lon gelegt hat. Das war unumgänglich, denn ich wollte alles wissen, alles leben, was Mama betraf. OH! des Gottes feucht-feuriger Schwanz!
Als ich jünger und schlauer war, stellte ich Theorien auf, blabla und nochmal blabla, schrieb über Macht, Natur und Kunst, Mama und Poesie, über den Antagonismus von Natur und Kunst und quatschte philosophisch über Empedokles, Ödipus, die Griechen und den ganzen Klimbim. Avanti la musica, die Illusionen. Zu guter Letzt eine einzige Theorie, diejenige der Jahreszeiten, Frühling, Sommer, Herbst, Winter, und das fängt wieder von vorn an, eine einzige Theorie, immer dieselbe, zyklisch, tödlich, geh ich doch stumm auf den Tod zu. Ficht mich kaum an, Barone!, ich habe mein ganzes Leben damit verbracht, zu sterben. HE! Scardanelli! Tusch für die Majestäten, die den Irren besuchen, ja sogar ein paar Zeilen Poesie, um ihnen zu beweisen – wie eine Spitzenklöpplerin ihrer Stickerei –, daß ich immer noch weiß, wie man's macht.
Das Mutterwesen in meinem tiefsten Innern wie ein schwarzer See. Majestäten, die Sie mich besuchen, mir tun die Schenkel, die Oberschenkel so weh, als hätte ich ein Kind gekriegt. OH! wie schön das ist! Aber schweigen wir, Schuster! die Götter könnten in Zorn geraten und ———
Was ist das nur, diese Angst?

Winter 1830
Musik. Ich spiele seit drei Stunden Klavier und spüre, daß man nervös wird im Haus. Mit der Musik, die meinen Körper schüttelt und in Schwingungen versetzt, die mir die Nerven anspannt, bin ich allein, abgeschieden, ganz Körper und ganz Musik, versunken in ihr, spiel ich allein, spiel ich abgeschieden, genieß ich's weit, weit in der Ferne, der Welt der Erde und der Welt des Himmels sehr fern und sehr nah, sehr nah, sehr fern, so gelassen und gegenwärtig in der Musik, in meinem Ausharren so erfüllt, erfüllt und allein, und genieße weit in der Ferne, in den Tönen, im traurigen Rausch eines machtvollen Gesanges, Wiegen und sich wiederholende Härte einer Waffe. Nein! Es geschieht mir nichts. Ich bin in der Musik, und die Resonanz, die am meisten ——

Herbst 1810
Der Mensch findet Gefallen daran, des Sommers Früchte zeitweilig zu horten. Nein. Man soll alles lassen. Wir müssen alles verlassen; indessen:

Die Bilder der Vergangenheit sind nicht verlassen
Von der Natur, als wie die Tag' verblassen
Im hohen Sommer, kehrt der Herbst zur Erde nieder,
Der Geist der Schauer findet sich am Himmel wieder.

Leidenschaftlich gern sehen möchte ich hinter diesen Ausblicken, diesen matten Gedichten, die ich mechanisch hintereinander weg schreibe, vielleicht nichts weiter als meinen roten, glühenden Schwanz, denn wenn ich in meinem Zimmer bin, wichs ich recht oft. Was ich sehen will, reizt mein Auge, dann steht er mir, und ich genieß mit den Augen.

In diesem stumpfen Blick, der über die Ebene, über die Berge, die lange Spalte des Neckars schweift, während die Jahreszeiten vergehen, will ich das Geschlecht einer Frau sehn, unbedingt, diese Öffnung, aus der ich komme, ich, aus dieser dunklen Sphäre, in der mein Verlangen erstickt ist. Und weil ich untröstlich bin, weil meine Trauer nicht weicht und heiliger Schmerz unsagbar bleibt, hol ich mir oft, nachdem ich Klavier gespielt habe, einen herunter, ganz hingegeben und ganz Voyeur, gebannt vom Fick mit der Mutter, dem undenkbaren, den mal ich mir aus, den leb ich und stelle mir seine jähe Heftigkeit, seine Herrlichkeit vor. Hier bin ich in der Mutter, wo ich herkomme, hier mach ich's uns beiden. Hier, in Zimmers Turm, hab ich endlich Muße zu diesem heilgen Geschäft und schaue die Szene, als wär ich dabei, verirr mich und gehe der Liebe der Frauen verlustig, denen's mein Schwanz doch so angenehm und so gründlich hätte besorgen können.

In meiner Kammer werd ich, besessen von rasender Leidenschaft, die Glorie, Mandorla, Mandel, die mystische Aprikose besingen, dies Loch, diese Spalte an ihren Rändern so sacht gewölbt, sie einzig enthebt mich des üblichen Sinnes der Worte, gibt mich dem Rausch, der tiefen Erschütterung preis. Sprechen werde ich hier von der einigen, gleichzeitig überbordenden Leidenschaft meiner Hände, die den Garten liebkosen, von meinen Augen, die seine Erhebungen, seine feuchten Falten ausspähn, von meinen Lippen, die Leere trinken, von meiner Zunge, die hin und her, flach oder spitz, wie eine Hündin über den Pfad dieser Seligkeit streift. Ich wichse, Barone! Unstillbare Trauer.

Hier, muß ich sagen, könnt ich vor Glück aus den Latschen kippen, einem Glück nah dem Tod. Die Umwandlung meines Geschlechtes erleb ich, Diotima! wenn ich bedenke, daß diese quälende Leidenschaft, diese Folter nur demselbigen, derselben gilt und ich dann, dies hab ich erfahren, genau die tiefe, unergründliche Öffnung der Frau in mir empfinde, erkenne. Im Offnen umgekippt. Lauf! Hölderlin ... Lauf! du bist frei.

Seht, seht! ich vollende, und verheimlichen tue ich nichts! Insofern, Barone, ihr Goethe, Hegel und Schiller, Schelling und Sinclair, muß euch mein Schweigen ärschlings vom Sockel holen, und diese Fragmente, die hart sind wie Sterne und nichts bedeuten als ihre eigne Entladung, ihr wollt sie zum Schweigen bringen und schneidet mitleidige Fratzen, weil sich in ihnen der Raum ins Unendliche öffnet. Angst habt ihr, wird doch im Schweigen, im Reden radikal Scardanellis Verlangen laut. Wir, Bibliothekar schweigender Bücher!

Man wird in unserer Zeit der Wirren diese im Laufe der Jahreszeiten, der Tage gesprochenen, geschriebenen Fragmente nicht aufheben. Selbst wenn ich tagtäglich schriebe, mit beharrlicher Leidenschaft, würde niemand davon Notiz nehmen. Schade! Nach meinem Tod werden sie alles verbrennen, vielleicht in der Furcht, daß Revolution, Entfesselung, Lachen, der gestampfte Tanz und meine einsamen Erektionen wie Seuchen für die Gesellschaft der Reichen sich schnell und schneller ausbreiten könnten. Diotima! Gewiß, ich schreibe Tag für Tag, es häufen sich Tausende, Abertausende von Blättern. Sie werden nichts aufheben als Wahnsinnsgedichte, sie sind in Formen geschrieben, die leuchten ihnen noch ein.

Sommer 1825

OH! Diotima, weder Mutter noch Schwester noch Gattin noch Geliebte noch Königin noch Hexe noch kleines Mädchen, sondern Frau, nein! Bild der Frau, nein! unermeßlich Frau, Abgrund der Zärtlichkeiten und der Grausamkeit, Gottheit unter dem in Panik, in Wahnsinn entzückten Blick des stumpfsinnigen Menschen, Diotima, meine Frau, du wiegst mich, und ich tanz mit dir im getragensten, innigsten Tempo, das aus mir hervorgegangen ist, während des Gottes Blitz mich verfolgt, umringt, angreift, berührt, zu Boden schleudert, Diotima! Manchmal erinnere ich mich, schnell denk ich an dein Gesicht, schnell, um nicht zu sterben, denke an dein Bild, eine senkrechte Kerbe in der Haut, in der rot sich zwei schöne, glatte, rosafarbene, etwas weißliche Lippen öffnen, so glatt und ganz leicht körnig unter der Zunge, Diotima! Ich bin allein. Frau, die Gedanke, Frau, die Wort ist, Frau in der Musik, komm! Erschein mir noch einmal! Ich wieg mich in ihren Armen, mit der Nacht verschmolzen ist sie nun, Frau, die der Welt geöffnet war, verlorene, wilde Frau, Frau der schwarzen Wasser, glühend vor Zauber. AH! Meine Schuhe! Gebt mir meine Wanderschuhe, ich lauf nach Frankfurt.

Hölderlin stürzt aus seiner Kammer, rasch die Treppe hinunter, spricht laut, grunzt, betritt Zimmers Werkstatt.

»Zimmer! Zimmer!«

»Was ist los? Beruhige dich!«

»Zimmer! Ich fühl's, ich muß nach Frankfurt. Dringend!«

»Sofort?«

»Augenblicks. Her mit meinen Schuhen, meinen Kleidern. Ich laufe, wandere, ihr entgegen, sie ruft mich.«

»Das ist nicht möglich.«

»Zimmer! Es geht um ihr Leben.«

»Das ist wieder so eine Ihrer Schrullen; Ihre Phantasie geht mit Ihnen durch. Ich kann eine solche Reise nicht gutheißen. Sie wissen genau, daß ich's nicht kann.«

»Zimmer, mein Freund ...«

»Nein, Hölderlin, ich hab nein gesagt.«

»Nennen Sie mich nicht so! Sagen Sie Herr Bibliothekar, wie die andern! Mir ist nicht gut, her mit meinen Schuhen, ich will aufbrechen.«

»Lassen Sie das, Hölderlin. Ich hab nein gesagt.«
Hölderlin stürzt aus der Werkstatt, er geht, er schreit, flucht und schimpft in allen Zimmern des Hauses, man lasse ihn nicht nach Frankfurt gehn, gefangen sei er, werde mißhandelt, Zimmer sei ein Scheißer, sein Schmerz schlage über die Stränge, und die Götter würden ihn sowieso schon verfluchen und schlagen. Dann bricht er am Fuß der Treppe zusammen, weint und stöhnt. »Her mit meinen Schuhen, ich will nach Frankfurt, es ist schönes Wetter, ich bin bald da. Diotima! Die lassen mich nicht gehn. Ich will nach Frankfurt. Frankfurt!«
Zimmer kommt aus der Werkstatt und schnauzt ihn an. Hölderlin geht in seine Kammer hinauf, sein Blick ist erloschener denn je. Ticks zucken über sein Gesicht, die Hände verkrampfen, verdrehn sich. Er wird jetzt acht Stunden lang ununterbrochen Klavier spielen, sich gleichsam noch mehr zurückziehen, die Tür abschließen, ins Bett gehen. Murmeln, grunzen.

Sommer 1823
Wieder, nach der Krise, der verheerende Durchfall, und die Angst vorm Sterben, wo ich doch noch standhalten muß, standhalten. Und nachts die Hitze, da kann ich nicht schlafen. Du bist mein sanfter Mund. Die Nacht ist finster, zuckrig, zu stickig, ist schwarzer, von Sternen glitzernder Honig. Oh Nacht! welch laue Sünde bist du? welche Verführung? welche Frau, welcher Raum, der Frau ist? Du, Nacht, unsterblich dringst du mir durch den Körper, wenn ich auf den Tag warte, in meiner Kammer hin und her wandle, durch die leeren Zimmer im Haus, und treppab und treppauf steige, während sie schlafen, die Freunde.
Oh, ich presse die Hände gegen die Brust, ich wichse und besing innerlich die tiefe Nacht, Diotima!, das Innige der Welt, die raschelnden Weiden und das verschwiegen dahingleitende Wasser. Ich singe wortlos, ohne ein einziges Wort, grunz einen Singsang, in welchem richtige schwarze Nächte, Stillen von unwahrscheinlicher Dauer klaffen. Dann läßt meine Unrast nach, ich warte, bleibe stehen, ich warte. Ich bin die Nacht, die Ruhe, die alte, kalte, glühende Zärtlich-

keit, bin gegenwärtig im Schweigen, in Griechenland und im wirklichen Lande der Väter. Bin wo ich will, im Schweigen, während sie schlafen, die Freunde. Und der Singsang kehrt wieder, dann bricht er ab. Im Leeren warte ich auf die Welt, die ich will, Verstummen, Türme, Gewalt. Musik. Verstummen, Zimmer!, Verstummen, Lotte! Verstummen des Menschen, der wacht, meine Freunde, der sich, umgetrieben von Trauer, den Schlaf versagt. Steigt da die Reihe alter Worte herauf, die haben mir weh getan. Es geschieht mir nichts.

Frühling 1827
Heute morgen ist Hölderlin mit dem Eindruck aufgestanden, die Sonne scheine nicht für ihn. Seit zwei Stunden weint er in seiner Kammer; er sitzt auf dem Bett. Zimmer ist heraufgekommen und hat ihn gefragt, was los sei. Er hat geantwortet, Scardanelli werde von nun an weniger oft tanzen, und die Majestäten, die zu Besuch kämen, sollten nicht zu große Ansprüche stellen.
Zimmer sagt ihm, er wolle am Nachmittag in seinen Weinberg gehn, man könnte doch zusammen gehen und sich dabei in aller Ruhe unterhalten. Hölderlin hebt den Kopf, lächelt ein bißchen.
Ja, Zimmer, ja, wir wollen in den Weinberg gehn, dann werde ich ruhiger. Aber es geschieht mir nichts. Ich lebe so sehr in meinem Innern, daß mir nichts geschehen kann. Da drinnen: das Chaos.

Sommer 1831
In der Nacht, die zu heiß ist, ich kann dann nicht schlafen, kommt schimmernd die Ameisenkolonne auf mich zu, Murmeln und Atem von Lippen auf einem Mund, geile Vorstellungen auch, einfach entstanden aus Silhouetten von Bäumen, die sich abheben vom Himmel, oh! Ja, mit der Nacht kommt die schmerzliche Vielfalt der Erfahrung, kommt wieder des Menschen Gefangensein in den Worten eines andern Verlangens; im Dunkel tauchen auch Mutters Gesicht und Leib wieder auf. Selbst hier verläßt sie mich nicht. Ja,

ich bin da, augenblicklich, mit Ihnen vereint und verbunden.
Gedicht. Der Lauf der Gestirne in dieser Nacht aus Melasse, diese gewaltigen Negerin, o Frau! mit gespreizten Schenkeln, ist der Schmuck am Körper der Nacht, Negerin ——
—— aber wozu?
Jetzt, in der Nacht, ich kann dann nicht schlafen, genieß ich sowohl die Zärtlichkeit als auch die Drohung, und daß die Zärtlichkeit Drohung und Drohung Zärtlichkeit ist, unterschiedslos, im Wechsel, je nachdem wie die Luft in den Ästen sich regt, wie etwas laut wird im Neckar, und mir geht auf, daß ich nie gewußt habe ————————
Pallaksch!
Daß ich nie einen Unterschied zwischen Lächeln und krampfhaftem Lachen gemacht habe, verschmolz doch beides auf ein und demselben Gesicht. Nichts als Einbildung, das Leiden. Eisen und Wasser, Lilie und Schwefel. 's gibt die Bitterkeit der Bücher. Da schiebt sich auf meinem Körper schimmernd die Ameisenkolonne voran wie ein glühendes Eisen. Nacht.

Sommer 1809
Die Nacht ist das schreckliche Schweigen des Erdenschlafes, nicht einmal mehr über die unbeständige Stofflichkeit meines Körpers verfüge ich. Ich hab Schiß.

Winter 1807
Das Herz des Menschen ist ein kalter Knochen. Hier, bei Autenrieth, zwingen sie mich, laut aus der Bibel zu lesen. Bin ich fertig, binden sie mir einen Maulkorb um, damit nichts Verrücktes aus mir herauskommt. Nichts hat sich geändert seit dem Stift. Wieder die Bibel! Autenrieth sagt, mich habe die Bosheit verrückt gemacht, die sei wie ein Tier tief in mir drin. Offenbar ist mir der Norden abhanden gekommen. Aber ich meine ihn anders, diesen Satz. Der Norden im Nebel, der verlassene Norden, der geschwärzte Norden. AH! die Griechen im weißen Einschnitt der Sonne auf der gemaserten Meeresfläche. Autenrieth sagt, ich solle

mir einen Ruck geben und vernünftig sein. Darüber hinaus fallen mehrere Männer über mich her und legen mir einen Maulkorb an, damit ich nicht rede, damit sie nichts weiter hören als Grunzen, als Stöhnen; das tut mir noch mehr weh als mein Geschrei. Ich kann nachweisen, daß sie etwas gegen meine Sprache haben, daß sie etwas gegen mein Leben haben. Sie zwingen mich, Beruhigungstränke zu schlucken, tagtäglich! Ich kann nachweisen, daß sie des Lebens nur froh werden, wenn ich ruhig bin, wenn ich schweige.

Rp. HB belladonnae gr. VI
Hb digitalis purpureae gr. II
infunde cum
Aq. chamomillae anisatae II

das ist harmlos. Ich bin eine Weile benommen. Mein Schmerz, meine Wut sind stärker. Autenrieth wird den Eindruck haben, Maulkorb und Zwangsjacke seien wirksamer.

Rp. Tr cantharidum JII
Mercurii dulcis gr. XVI
opii puri. gr. IV
Sacchari albi
M. Div. in VIII part. aq.
Dent. ad chart. diss.

täglich viermal in Pulverform. Amen! Das Herz des Menschen ist auf immer vereist. Ich geh benommen in meiner Zelle auf und ab. Ich bin meschugge. Autenrieth macht Visite und will mich davon überzeugen, daß ich mir selber schade durch meine Verrücktheit. Manchmal bringe ich die Kraft auf, ihm zu widersprechen, manchmal sag ich systematisch nein. Ich wiederhole: nein, nein! Zuweilen schweige ich. Wenn ich nichts sage und ihn ansehe, ist er verunsichert, verheddert sich in den Sätzen, wird seinerseits ungeduldig, aggressiv und böse. Verstehen tut er nichts. Sobald ich spreche, beruhigt er sich, aber verstehen tut er nichts, der Kanzler Autenrieth! Ich sag zu ihm: Zu den Theologen, Bankiers, Fürsten und Herzögen, zu den bestallten Schriftstellern, Philosophen, Professoren, zu diesen Lumpenhunden gehört auch der Irrenarzt. Er probiert verschiedene Pulver aus, um mich noch gründlicher zum Schweigen zu bringen, und bildet sich wahrscheinlich ein, daß ich schließlich Vernunft annehme, das heißt, akzeptiere, was er sagt. Ich leide an einem Schmerz, an einer Wut, die ihm fremd sind.

Rp. Gummi aloes succotrinae 3
tart. vitriolati 3 III
Sacchari albi
Aq. chamomillae anisatae
Aq. anisi,

und so weiter. Und wie mangelhaft er ist, dieser Maulkorb! Autenrieth ist ein Bastlertyp. Er hat drei verschiedene Maulkörbe entwickelt. Das Herz des Menschen ist ein kalter Knochen. Tobsüchtig bin ich. Ich schlag die Möbel kurz und klein, brülle in meiner Zelle, bis mir die Puste ausgeht. Ich bedenk sie mit Worten, die ich nie in den Mund genommen habe. Niemand will mich hier hören, und ich bäum mich auf gegen das Joch, unter das sie mich zwingen wollen.
Äußerster Schmerz ist nicht darstellbar, wie der Orgasmus, ist absolute Entfesselung, und so was darf nicht sein. Man muß ihn verhüllen, den Schmerz, ihn mit Technik bemänteln und ihm gleichzeitig sein Reden, sein Stammeln verwehren. Zu guter Letzt wird Autenrieth eine Ledermaske erfinden.

Frühling 1818
Auf Bilder ejakulieren, nun, ich mach's! Ehemals Hölderlin, von seinen Freunden um seiner Reinheit, um seiner Unbestechlichkeit, Liebenswürdigkeit, um seines seelischen Adels willen gerühmt. Wie man sich mausert! Höchst angenehm! Ich, Scardanelli, mach's oft wie ein kleiner Junge, der nicht darüber hinwegkommt, daß er nicht ———— in meinem Alter, in einem Zimmer eingesperrt, allein, ohne Frau, wohl aber mit Eiern, das muß man doch einsehn. Mama! Oho! Wir haben grauenhaft Angst gehabt alle beide, Schrecken einer verheerenden Liebe. Muttis Fotze ist schöner als die von Susette. Kenn sie ja gar nicht, ihre. Weiß nicht. Vermute das. Die von Mutti schöner als die von Diotima. Und jetzt onanier ich und mach Mamas Phallus steif, herrlich ist das, oh! herrlich ist das, solln doch die Götter zürnen, was schert's mich, meckern soll sie, die fette Juno, immerhin sieht sie ja gierig zu, und ihr kommt's; hörbar schlürft sie die Spucke

hinunter hinter ihres Tripelkinns Festung. Jupiter langweilt sich derweil und kratzt sich, auf seinem immer drohenden Donnerkeil thronend, am Arsch, hofft er doch, noch einen Prachtblitz, Dichters Erleuchtung, herauszufurzen. Und da bin ich, der verlassene Junge, nackt, mit offener Hose, in meinen Turm eingesperrt, und wichse, Woche für Woche, im Frühling, hab Mutti vor Augen, Diotima, Susette, Goethe sogar, doch den will ich zusammenscheißen, und andere Frauen, Vornamen nicht mehr präsent, aber! Da, da! Haargenau. Was! Mama! Hab doch so Angst gehabt, daß du mich reinschlingst oder verrückt wirst. Hier, im Zimmer mit den vier Fenstern, wichs ich dir zuliebe und weiß mich in deiner Sphäre. Und dir, Zeus, diese Herausforderung, selbst wenn man schließlich einsehen muß, daß du ein Nichts bist, dir, trotzdem, diese Herausforderung!

Sommer 1811

Der Tag gewinnt nur Zusammenhalt um eine Empfindung herum, und diese genügt dem Menschen, um sein Dasein ein weiteres Mal zu ertragen, ja sogar zur Rechtfertigung dieses Tages. So ist mein Zustand der Ruhe. Ich kann stundenlang spielen, meine Musik improvisieren über die Empfindung, über das, was allein meiner Auflösung ein besonderes, glückliches oder düsteres Licht verleiht.

In der Ferne der Neckar, ein von Sternen und Spießen starrender Feuerstrom, und aufrechte Menschen gleiten in ihren Nachen über das brennende Wasser. In Ruhe empfinde ich Schmerz, in Ruhe empfindet mein ganzer Körper ein Wohlgefühl, Schmerz, Wohlgefühl um dieses Eindrucks willen, den ich – OFFENSICHTLICH! – in seiner Zerbrechlichkeit ——— festhalten muß, und gerne bring ich zum Ausdruck, ich bin verrückt!, ja, natürlich, ich bin verrückt, und gerne bring ich mit meiner Musik, dann wieder durch Schweigen, die Glut zum Ausdruck, nur noch Eigenschaft dieser Lava, ich, in ihrer Weißglut brennend. Glücklich in meinem glücklichen Wahnsinn, es geschieht mir nichts. Ich horche, ich höre, ich sehe, ich ziehe die Luft ein, und von den Zehenspitzen bis hin zum Spiegel der Augen, der Hände, meiner gesamten Haut berühre ich diese Blendung.

Die tragische Maske, Haut aus hartem Leder, verhüllte das Ganze meines Gesichtes. Jetzt fällt, sehe ich, Scardanellis Gesicht im Widerschein einer Fensterscheibe auseinander. Wespen sind da, und das Feuer des Flusses. Da ist sie, die Angst in des Gesichtes Zerstörung. Man muß sie noch immer verstekken, nicht wahr? Verstecken.
Es geschieht mir nichts. 's ist wie Kindheit. Adieu, ihr Worte, die ihr mir weh getan habt. Die Mutter, die Götter sind Nebenbuhler, dazwischen ich. Adieu, denn die Wunde vernarbt im vielfachen, feurigen Glanz auf dem Neckar, schwarz mir zu Füßen unter den Weiden. Wie Kindheit und Wünsche der Mutter. Oh! lala! Ich stampfe, hier, im Feuer, an diesem Sommertag, der so heiß ist, die Fenster offen zur Ebene hin, die strahlend sich breitet, und die besondren Geräusche des Sommers, das unablässige, sanfte Murmeln, Räder der Ochsengespanne, die Vögel, bellende Hunde, das Tragen der Pferde, Insektengezirp, dieses unablässige Murmeln, ein Fisch plumpst ins Wasser zurück, Betäubung, und jäh der wiehernde Schrei eines Hahns, Flamme, welche den Kopf in Brand steckt. Pallaksch! Das Volk, man tötet es sachte. Das Volk, ich hab es gesehn in den Dörfern, den Höfen. Seit unserer Kindheit wird uns die Kindheit geraubt. Der Bauer, seine Augen schwimmen in Tränen, er zerknautscht seinen Hut überm Bauch, er kommt und sagt mir, ich spräche so gut übern Tod. Sie werden ihre Schuld zugeben müssen, die da!
Weil ihr sie verborgen, verleugnet, unterdrückt habt, diese Angst, ihre Majestäten und Barone, werdet ihr schließlich daran verrecken, ganz Deutschland ins Unglück stürzen und das schuldlose, bereits verstorbene Volk mit hineinziehn. Ganz Deutschland mitsamt Europa, auch Europa wird seine Völker verlieren. Barone gibt's überall. Ja, Herrschaften, ihr regiert mit dieser im Kopf verwurzelten Angst, übersehen möchtet ihr die, und wir werden verloren sein. Es wird mir nichts geschehen. Es kann mir nichts geschehen. Verloren sind wir.

Winter 1813
Ich bin die Empfindung, ich sei eine Hirschkuh, hingekauert im Schnee, in der Sonne, zwischen den hohen Tannen, und mit einemmal bin ich, dank dieser Empfindung, auch derjenige, der frühmorgens im Winter auf einem Waldweg den Schritt verhält und lange, reglos und lautlos, mit angehaltenem Atem, ohne ein Augenzwinkern, die Hirschkuh im Schnee, in der Sonne betrachtet. Und kalt ist mir. Hölderlin war ich und bin's noch, Zufall einer jäh wiedergefundnen Erinnerung, diese Intensität hab ich mir nämlich bewahrt, diese Intensität hab ich mir einzig bewahrt. ICH BRAUCHE DIE POESIE NICHT MEHR, UM MIR VORZUSTELLEN, DASS ICH DAS WIRKLICHE ARCHIVIERE. Geh ich am Schloßberg die sanften, die steilen Hänge entlang, bin ich, dank solcher Wiederkehr, wie deutsche Musik, wie der unermeßliche Blick des Volkes, die weiß-blaue Farbe, die lichte Farbe, dieser Schimmer der offenen Ebene, ich trinke an der Klarheit dessen, was ich schaue, dessen, was ich bin, unterschiedslos ich selbst, ich selbst die Hirschkuh, ich selbst die Ebene und der sie erfassende Blick, ich selbst der Atem in Schnee und Nebel verschwimmender Blautöne, die Wintersonne bin ich, meine Haut ist die Sonne, mein rotglühender Körper ist plötzlich Sonne. Ich bin Diotimas Augen, ihrer Lippen Bewegung, wenn sie mit mir spricht, mir zulächelt, meine Heftigkeit schilt, ich bin ihre Spalte, die klafft vor Liebe, und ich dring nicht in sie ein; ich bin äußerstes Leiden, bin, hier und jetzt, Haß auf die Mutter. Ich bin wilder Haß auf den Staat, auf die Machthaber, denn Diotima, der Dichter, das Volk sind deren gedemütigte Opfer. Die Empfindung, die Hirschkuh zu sein, in der Sonne im Schnee, das Volk zu sein, eine Reihe von Namenlosen, die schlichten Bewegungen des Tieres, die schlichten Bewegungen des Volkes, aber das Volk gibt's nicht mehr! Ich bin jetzt dieses Nicht-mehr-Sein.
Ich spüre als erster das Verschwinden des Volkes. In Europa wird's die Völker recht bald nicht mehr geben. Nicht mehr seiend, bin ich Bibliothekar, Archivar von Empfindungen und heiße das Schweigen gut. Die Mäander der Zeit verflechten sich mit meinen eigenen. Ich schreibe nicht mehr, das laßt euch gesagt sein. Doch die Worte kommen, tauchen gele-

gentlich auf, wer weiß für wie lange, die Worte kommen. Nur beim Sprechen fehlen sie mir. Wenn ich verrückt bin. Pallaksch!

Sommer 1820
Schriftsteller sagen bekanntlich: man muß seine Schlaflosigkeit nutzen. Ich kann nicht schlafen, es ist zu heiß. Mir ist, als würd ich ersticken. Ich habe Angst vor dem Schlaf. Die Nacht ist der Raum, wo ich wirklich allein bin. Ein kleiner Junge in mir leidet unter der Nacht, unter Alpträumen, die kommen vor allem, wenn's heiß ist. Dann stehe ich auf, irre im Haus herum, stoße an Möbel, spreche, spreche und sag der verlorenen Frau, mein Herz sei so kalt. Manchmal geh ich hinaus in den Garten und sitze da mehrere Stunden am Ufer des Neckars, anfangs in Panik, später gelassener, weil aus dem Finstern nichts aufsteigt.
Oh Negerin, Nacht, in deren Haut geometrische Flachreliefs eingeritzt sind, um dir den Anschein von Dauer zu geben, ich spiele der Worte ganze Musik gegen die deinige aus und verliere, denn du verschlingst mich. Der Mensch spielt all seine Musik gegen die deinige aus und verliert, niedergeschmettert. Einstmals hatte der Mensch all seine Musik den Fanfaren der Sonne entgegengehalten und hatte verloren, nur mehr Gerippe, vom Blitz geschlagen, hin war der Kopf. Bleibt diese Hure, die Nacht, Negerin, und ich verliere, spiele ich meine Musik gegen die ihrige aus. Pallaksch!
Feuer gegen die dunkle Feuchtigkeit, Sonne gegen den Frost, und wir, Archivar, den man terrorisiert, werden von einem ins andre geschleudert. Ich kann nicht schlafen.

Frühling 1816
Christiane geht oft als letzte im Hause zu Bett. Sie bleibt lange auf, um ihrer Mutter zu helfen. Nicht selten erledigt sie die letzten Handgriffe am Abend allein, räumt das Wohnzimmer auf und bereitet das Mittagessen für den kommenden Tag vor. Dann geht sie hinauf in ihre Kammer. Hölderlin lauert ihr auf hinter seiner Tür. Er wartet ein paar Minuten,

dann schleicht er sich leise, im Dunkeln, in ihr Stockwerk hoch und linst durchs Schlüsselloch:
Ein weißer, blonder Schatten am Bettrand im goldenen Schimmer des Nachttischleuchters, sanfte Bewegungen, wechselndes Licht, die Flamme flackert, und nun zieht sich der Schatten aus. Manchmal sitzt sie längere Zeit nackt da, reckt sich, verschränkt die Arme hinter dem Rücken, strafft den Körper, massiert sich die Brüste.
Hölderlin linst, er sieht sich beinahe die Augen aus dem Kopf; sein ganzer Körper ist in diesem Augenblick besessen von dem, was er sieht, besessen von der Lust, die dieser Anblick ihm verschafft. Das Faszinierende dieser Frau, die er beobachtet, aber auch der Situation, in der er sich befindet, überwältigt ihn, reißt ihn mit, er zittert, überläßt sich dieser Faszination und weiß, daß nichts Geschriebenes dieses Augenblickes Ewigkeit zum Ausdruck bringen könnte. Er linst, genießt's, ist nur mehr Blick, hat den Schwanz in der Hand, seit unvordenklichen Zeiten. Diese schöne Frau, die er belauscht, ist für ihn Beweggrund allen Nachsinnens, Ursprung halb versponnener, halb ausgeklügelter Träumereien, er entdeckt seine unzugängliche Identität, als vor langer Zeit sein verzweifelter Blick in der warmen Sphäre seiner Mutter sich auf den eigenen Körper richtete, der vom Schrecken gezeichnet war, vom Verlangen in ihrem von Haß und Freude verzerrten Gesicht, das ihn ansah, ihn, den Sohn, damals bereits aus den Fugen, genauso verloren, genauso vereinnahmt wie jetzt.
Es geschieht mir nichts. Diotima, sie, Diotima, meine zärtliche Geliebte, du das Opfer, ich der Bedienstete, der gefangene Sohn, ich konnte dich nicht dazu bewegen, mir deinen Leib zu schenken, oh! dein Leib! Eine Art rothaarige Flamme hat sie, etwas Brennendes, wie ein Splitter von einem Gestirn, Diotima, ich, ich wollte nicht, man hatte deinen Körper gekauft und, und ... meine Augen können nicht genug davon bekommen, sehen nicht, halten nichts fest, und ... Scheiße!
Christiane bläst die Kerze aus.
So war frühzeitig, gewaltsam sogar das Verlangen erwacht, mit den Buchstaben des Alphabetes umzugehen, sie zu lesen, über Geschichten zu gebieten, die unbändige

Liebe zur Sprache, um Angst und Entzücken gleichsam zu bannen.
Sie ist hinter ihrer Tür in einem Raum außerhalb der Zeit, außerhalb der Örtlichkeiten dieser Welt, sie ist da, unverändert, schön und rund, und weckt noch einmal wehmütige Klage in einem, der kaum wissend war. Die tragische Schuld, die brennende Schuld ist die Versündigung am Verlangen. Christiane reckt sich, summt leise vor sich hin, dann bläst sie die Kerze aus. Ein Schock, die Leere, ich ganz allein im Dunkeln, Mutter! Wie ein Traum, der entschwindet.
Hölderlin steht reglos da, in seine Vision versunken. Dann tastet er sich in sein Zimmer zurück. Sobald er die Tür hinter sich zugezogen hat, wichst er verbissen, seine Augen, diese stumpfen Augen, sind abwesend, dann sucht er ungeschickt mit einer Hand seinen *Hyperion,* blättert sucht die Stelle, flucht leise vor sich hin, weil er sie nicht gleich findet, und liest dann, während er aufrecht vor seinem Tisch steht und immer noch wie ein Rasender wichst:

Wie oft hab' ich meine Klagen vor diesem Bilde gestillt! wie oft hat sich das übermüthige Leben und der strebende Geist besänftigt, wenn ich, in seelige Betrachtungen versunken, ihr in's Herz sah, wie man in die Quelle siehet, wenn sie still erbebt von den Berührungen des Himmels, der in Silbertropfen auf sie niederträufelt!

Und mit lauter Stimme, aufstampfend, fährt er fort, wichst immer schneller und ejakuliert: »Oh! wie schön das ist! wie schön das ist! gut! Diotima, der Gott ist tief in deinem Bauch drin, da ist der Gott, da ist das Tier! Wie schön das ist!«

Winter 1839
In Tübingen gibt es nichts, einfach nichts als aneinandergereihte Fassaden, die alle fast gleich aussehen, nichts als eine Ansammlung massiver Fassaden, nichts als Oberflächen, die in regelmäßigen Abständen von kleinen, fast quadratischen Fenstern durchbrochen sind, nichts gibt es als diese aneinandergereihten Oberflächen, die gegeneinander aufragen, dunkle Bäume zuweilen, hohe, düstere Tannen und die Weiden am Rande der glatten, fast reglosen Oberfläche des Nek-

kars. Nichts als das und, träge, die leere Weite des Himmels; das wird nicht anders, denn mir geschieht nichts. Wenn ich, wie früher, ein Arbeitszimmer betrete, nichts als jene tödlichen Reihen von Ledereinbänden, nichts als die glänzende Oberfläche der Holztische, wenn ich in eine Weinstube geh, und die Haut der Leute, die Haut der Kinder, und diese eigentümliche Oberfläche des gesprochenen Deutsch, der Stimmen, Körnung dieser gewöhnlichen Oberfläche. Es gibt nichts andres in Tübingen. Ich lebe da noch, mit einem großen, dunklen Loch, da, im Kopf, in etwas, was ich für Denken hielte, wüßte ich heute nicht, dies ist Wahn. Quatsch. Es gibt nichts andres in Tübingen als die Reglosigkeit der Oberflächen, Verkrampfung, scheint mir doch, daß der Mensch in seinem Turm drin mit allem endgültig Schluß gemacht hat: nicht mehr laufen, nicht mehr atmen, es geschieht mir nichts.

Bücher, Fassaden, Fenster, Umrisse hoher Bäume, glattes Wasser und das platte Skandieren des Horizontes, flach auch die Ferne, der Himmel leer. Es könnte nichts weiter als das sein, reglos und flach, aber der Mensch in seinem Turm drin macht ein für allemal Schluß mit dem Wahn des Denkens, des Wissens. Der Mensch begibt sich der Philosophie, der Philosophen, kapiert, Barone! Exeunt die Philosophen. Schluß mit diesem düsteren, trügerischen, zusammengestückten Scherz! Er zieht nicht mehr, ihr Kuddelmuddel! Exit Hegel. Exit die Literatur. Exit das Gedicht. Exeunt Goethe und Schiller. Es zieht nicht mehr, dieses unausgesetzte Verurteilen im Namen literarischer Vollendung. Futsch ist das, aus, kaputt! Der Mensch in seinem Turm drin schweigt, bleibt und sieht zu, wie sie wegsterben mitsamt ihren Werken. Ich, ich bin im Unmittelbaren der Wörter, im Taumel, in unvorhersehbaren, sich wiederholenden Reihen aus Wörtern, bin in den Bruchstücken, im Schweigen, im Grunzen, auf der Oberfläche der Wörter. Der Mensch ist im Tod, Ausharren jenseits der Dauer. Ich bin da, angeschlagen, stumpf, aber aufrecht. Zerschmettert, aber aufrecht, vom Blitz geschlagen, doch noch aufrecht, auf den Beinen, Zeichen Null im Wechsel der Jahreszeiten, statt Wörtern zuweilen die Flöte am Mund, die Finger über der Tastatur des Klaviers. Ich bin in der Sprache, früher war ich nur in der Ahnung von Sprache.

Aus diesem Grunde war Trauer, war Wut, war Zerstörung vonnöten. Aus diesem Grunde sperrt man mich ein, mich, die ungreifbare Bedrohung, ein Zeichen Null, deutungslos, aber aufrecht im Wechsel der Jahreszeiten, ich, und mein einziges Tun ist Bleiben. Pallaksch! Ich bin da wie eine Bombe. Vorsicht, ihr Fassaden!
Exit die Prozession der schönen Literatur und der geschniegelten Literaten. Im Eimer, Majestäten! Als Wahn, als Schwindel entlarvt, wie alles übrige auch. Eine Bedrohung bin ich für eure Versuche in Tiefsinn, Wissen und Können, eure Häkeleien, die geringschätzigste, gelassenste, beharrlichste Bedrohung für die Macht. Es werden andere kommen. Wie Blitze. Unterdessen werden vom Wissen ferngesteuerte Kompilatoren sich weiterhecken wie wimmelnd Gewürm und Unrat und Bodensatz auf mich häufen, auf mich, auf meinen Wahnsinn, um die Gefahr zu bannen. Es wird sogar welche geben, die sagen, verrückt!, ich, verrückt? Überlegen Sie mal! Ein solcher Dichter wird nicht verrückt!, die sagen, ich sei nicht verrückt gewesen! Ich hätte nur so getan, Majestäten!
Das raubt euch die Ruhe, Herrschaften, versetzt euch in Panik, daß hier Gefahr steckt. Es hat schon etwas auf sich mit diesem endgültigen Schweigen der Dichter, da rührt man besser nicht dran! Lieber begeisterte Aufschwünge, Phrasen und Tiefsinn, kunstfertige Heucheleien, Gedanken, mein Gott! Erhabene Majestäten! Kann einer denn einfach überschnappen beim Schreiben? Übergeschnappt, verdroschen, geschlagen vom Blitz, zerschmettert, besonders wenn man durchschaut, daß auch das Geld mit hineinspielt und Tiefsinn, Phrasen und Denken entlöhnt. Zerstört also, weil Schreiben immer von einer Frau ausgeht, aber ich hab keine Frau! Ich gehe leer aus, dank Mutter. Übergeschnappt also, ich hab keine Frau! Weil ihr Bankier, dieser Geldsack, sie hatte, Diotima! Diotima! Dann vom Blitz geschlagen, sah doch der Mensch auf dem Wege zum Volk, daß das Volk bereits nicht mehr war, dank Tiefsinn, Wissen, Können und Geld. Revolution? Nichts da! Das Volk geht leer dabei aus. Pallaksch!

Herbst 1806
Das erste vom Kanzler Autenrieth entworfene Maulkorbmodell war eine Art schmale Kinnbinde, die unterm Kinn durchlief und den Mund knapp bedeckte. Eine Art Cache-Sexe für die Zunge, ein Ende hartes Leder, das mit ein paar Riemen am Hinterkopf und überm Schädel festgezurrt wurde. Wenn er mich zwang, diesen Knebel zu tragen, fesselte er mir die Hände, damit ich ihn nicht abmachen konnte. Dieses erste Modell war ein Reinfall, denn es gelang mir, die Kinnbacken zu bewegen, so oft, daß das Lederstück sich schließlich verschob. Außerdem wetzte ich das Gesicht an den Wänden; ich hatte auch herausgefunden, wie die Riemen zu lockern waren: Ich schaffte es, scheuerte mir allerdings das Gesicht dabei wund, einen Haken zwischen Leder und Kinn zu treiben, zog dann rückwärts und war wieder im Besitz der Sprache, brüllte los und schleuderte ihnen haarsträubende, vernichtende Beleidigungen entgegen.
Nach dieser Panne ließ Autenrieth ein zweites Modell anfertigen, das war schon unangenehmer. Es handelte sich um ein Stück Leder, das wie ein Holzschuh geformt und noch härter war, da paßte mein ganzer Unterkiefer hinein, bis zu den Ohren, und bedeckte den Mund fast bis zur Nase. Dieser Maulkorb tat mir weh, denn er war zu klein für mein Gesicht, ich rieb mich daran wund, hatten doch handfeste Leute die Riemen möglichst straff angezogen. Das quetschte mir den Kiefer nach vorn, ich hatte ein gräßliches Kinn mit schwarzblauen Flecken, das wie eine Holzpantine vorsprang. Ich weinte und stöhnte. Ich stieg in meiner Zelle auf einen Stuhl und betrachtete mich in einer Scheibe. Ich sah meine wild rollenden Augen und nahm die Gewohnheit an, wie ein Tier zu grunzen und zu stöhnen, das Tierische wurde wach in mir, eine innige Mordlust, konnten doch die Mörder nicht mehr heraus aus meinem Leib. Gedanken, Wörter versackten, verschmolzen zu dumpfem, verschwommenem Stöhnen. Sie bedeuteten Trauer, Demütigung, wurden dumpfer Singsang, reines Leiden, unbedingte Revolte. Singen ging vielleicht noch, und ich entdeckte: der Rhythmus blieb, glücklicherweise, den konnten sie mir nicht verbieten. AH! Diese Schweine! Was mir aufgeht dabei: Ich bin auf der andern Seite, ferner noch, als ich wollte. Auf der andern Seite des

Lebens, der Welt! Viel ferner, als ich ahnte. Her mit meinem *Hyperion,* ich will die Richtigkeit meiner Voraussagen überprüfen. Ich bin jetzt in dem Zustand, der mir vorschwebte. Aber auch diesen wie ein Holzschuh geformten Maulkorb hab ich heruntergefetzt.
Nun erfindet Autenrieth sein drittes, neuestes Modell. Es ist die Frucht einer komplexen Methode und beachtlicher handwerklicher Geschicklichkeit. Zuerst, sie hatten mich wohl zusammengeschlagen, haben sie einen Abdruck von meinem Gesicht gemacht, Barone, genau wie wenn man das Gesicht eines berühmten Verstorbenen bewahren will und eine Totenmaske abnimmt. Das haben sie mit mir gemacht, um mir den Mund zu stopfen. Und eines Tages kommt er an, mein Irrenarzt, mit seinem unglaublich wirksamen Kleinod: mit einer Maske, die das Ganze meines Gesichtes bedeckt und nur die Nase, die Nasenlöcher frei läßt, zwei Löcher für die Augen, mit einer Maske, die sich innen der Form meines Gesichtes ganz und gar anschmiegt und außen glatt, dunkelbraun, fast schwarz ist. Also, ich verrenk mich, springe herum, rase in meiner Zelle, wälz mich am Boden, laufe auf allen vieren, bleib auf dem Rücken liegen, erschöpft, Träger der tragischen Maske schlechthin. Tragik der Maske, das Tragische wird maskiert, weil es unerträglich ist. Gut, ich stieg auf meinen Stuhl, um mich in einer Fensterscheibe zu betrachten. Sie sperren die Trauer ein, dämmen sie ein, stauen sie zurück; äußerster Schmerz ist nicht darstellbar, wie die Lust. Verstecken muß man ihn, als eine Art Kunst drapieren, ihm möglichst seine Wörter verbieten, die sind zwangsläufig unverständlich, sind jäh aus dem Menschen herausgefahren, herausgesprüht gleichsam, Blöcke, zerstörerische Gedichte im Redefluß der Ordnung. Was das für Idioten sind! Unglaubliche Idioten! Die Maske offenbart das Undarstellbare. Die Maske durchlöchert den Raum, beschwört die tragische Schuld, den Ruf ohne Antwort. Autenrieth weiß nicht, daß meine Mutter sich mit Gott gepaart hat, um mich zu kriegen, er weiß nicht, daß meine Mutter die Väter verschlingt. Zwei Väter hat sie erledigt, und ich, ich bin deshalb auf der Suche nach Göttern, nach der Sonne, und wenn ich in meiner Maske voranschreite, jetzt, wenn ich mich drehe und strample, in meiner Maske, jetzt, bin ich beispielhafter als

Empedokles, bin ich weiter, viel weiter als er, als Ödipus und die andern. Sie wollte, daß ich Pastor werde und Gottes Sohn, meine Mama! Autenrieth, du willst nichts wissen vom Raum, den ich aufreiße, in dem ich umgekippt bin.
Aber diese Maske da werde ich nicht los. Ich habe mein Leben damit verbracht, zu schreiben, den Eintritt des Wahnsinns hinauszuzögern, Gedicht für Gedicht. Habe meine Energie verbraucht, um den Tag hinauszuschieben, an dem man mir diese Maske überstülpen würde.

Sommer 1830
Sehr oft geschieht's in einer Sommernacht, daß ich ———
Daß ich in der gestirnten Sommernacht, daß ich . . . : wenn die Vögel dort und unter meinem Fenster da nicht mehr singen, nicht mehr herumfliegen, daß ich, irgendwie verloren, verirrt, man muß sich die Enttäuschung des Menschen und die Flucht der Götter vor Augen halten, diesen unumschränkten Verlust, daß ich . . . Was soll ich sagen? Am Anfang der Nacht, mitten in der Nacht, am Ende der Nacht, der Raum dehnt sich, wenn der Raum sich öffnet und nichts sich mehr regt in diesem seltenen Augenblick, im Erguß der Mutter-Sprache, daß ich, daß ich!, daß ich . . . Scheiße! Nein, an Wörtern fehlt's mir keineswegs, aber ich finde einfach kein Verb, dessen Subjekt ich wäre; Quatsch, was man uns da beigebracht hat, ich + ein Verb, ich als Subjekt einer Handlung oder eines Zustandes, weil nämlich . . . meist in einer Sommernacht mit diesen Blitzen, die der durchbrochenen Sprache, der endgültig erlittenen Sprache eigen sind, daß ich . . . in diesem Augenblick unerträglicher Ungewißheit, in dieser erleuchtenden Unmöglichkeit, zu sein, daß ich lache und an Frauen denke. So find ich zuletzt, indem ich sie immer wieder hinausschiebe, die zutreffendsten Verben in der Zerstörung. Angabe! Daß ich . . . denn zuletzt zerleg ich die Stunden doch, spüre der Bäume Gegenwart, das Gewicht des Schlafes, überlasse mich einem Verlangen, zuletzt . . . wenn die Nacht, die Negerin, ich . . . ich . . . allein und ohne daß etwas als Abgrenzung diente, schließlich auf der andern Seite der Zäsur, oder in der Zäsur ——— das Tier, der Gott, die Musik, gegrunzter Gesang, die toten Kinder, die traurigen

Kinder, und Mamas verschloßnes Gesicht, ich ... aber ich, nun schon! Ah, wenn sich das Volk doch bewußt machte, daß man es tötet ——— aber.

Frühling 1817
Eine Art Partitur wie in der Musik: meine Texte kommen, wenn ich die Dinge der Zeit überlasse, ich warte nicht mehr auf Wörter, laure ihnen nicht mehr auf. Zu ihrer Stunde werden sie Sprache, dann Schrift. Eine ausschweifend musikalische, eine sexuelle Partitur wohl auch, Stöße, ein Hin-und-Her, ein Glitschen, immer wieder, ein gewisser Kitzel, dann die heftige Erschütterung des Orgasmus. Indessen, noch brechen die Wörter aus mir hervor. Seht zu, Barone, was sie verbindet: die Musik und das Blut, der Schwanz und die Fotze, der Tod und die Mutter. Schon als ich ein kleiner Junge war und über die Hecken sprang und durch die Weinberge lief. Juni 1741, Mai 1542. Danke, daß Sie sich mit Gedichten befassen. Unter diesen Umständen, mein lieber Sohn, muß ich nach wie vor etwas von Ihrer Seele und Ihrem Geschlecht einbehalten. Tock! Tock! Zerstörung. Besuche. Kommen Sie herein, Majestäten. Ja, aber ich habe erlebt, wie sich die Griechen im Wahnsinn schreiend ins Meer stürzten, ein Fest des Geistes war das, denn über dem ebenen Weltmeer, glänzend, blendete Gott.
Erinnert euch, falls ihr zu lesen versteht, an das Bild jenes Knaben im *Hyperion,* den die Mutter zudeckt, damit ihn die Sonne nicht blende, aber er will nicht und fordert die Sonne heraus, muß sich schließlich beugen und fällt aufs neue der düsteren Welt anheim, wühlt den Kopf gleichsam in die Erde. Da könnt ihr erleben, wie einer beim Schreiben den Lauf eines Lebens voraussieht. Man muß euch das wohl auseinandersetzen, euch eine Erklärung auftischen!
Nie sind Gedichte echter, als wenn sie aus lauter Vokabeln bestehen, aus Hauptwörtern, die nichts verbindet; sie klingen dank ihrer eignen Musik. Solche Gedichte sind am allerschwierigsten.

Frühling 1823

Drei Studenten besuchen Hölderlin; er sitzt in Zimmers großer Stube. Reglos, seine Augen sind leer, gleichsam vereinnahmt vom Horizont, der blauen Kontur des Schloßberges. Er sitzt am Fenster.

Einer der Studenten spricht ihn an: »Man sagt, daß die Griechen sich erheben. Ein Befreiungskrieg des Volkes, ein gewaltiger Kampf. Wir wollten es Ihnen mitteilen, weil wir wissen, daß Sie sich über diese Nachricht freuen, daß Sie sie in Ihrem tiefsten Innern erwarten; wir können uns das denken.«

Hölderlin sieht sie an und lächelt:

»Das allein hilft mir hinweg über die unerträgliche Gleichförmigkeit der Landschaft. Das allein ist von Belang. Wein! Wein, Christiane! Dieser Anfang muß gefeiert werden! Wein, denn ich will vergessen, daß man jetzt überall in Europa das Volk tötet. Wein! Die Griechen befreien sich! Nehmen Sie Platz. Ich will Ihnen von meinem Haß sprechen, auf diejenigen, die in uns, passen Sie auf, das töten, was uns wieder verbindet mit der Gemeinschaft des Volkes.«

Herbst 1817

Das einzig mögliche Gedicht: Hauptwörter, die nichts verbindet, die sich durch ihren Klang stützen, eine Sprache erfinden, die nirgends beheimatet ist, eine entfesselte Sprache. Ich habe ein paar solche Gedichte geschrieben, ich erinnere mich.

Hölderlin sucht in seinen Manuskripten herum. Liest mit lauter Stimme und schlägt dazu mit dem rechten Fuß kräftig den Takt:

Tende Strömfeld Simonetta.
Teufen Amyklä Aveiro am Flusse
Fouga die Familie Alencastro den
Nahmen davon Amalasuntha Antegon
Anathem Ardinghellus Sorbonne Cölestin
und Inozentius haben die Rede unter-
brochen und sie genannt den Pflanz-
garten der Französischen Bischöffe –
Alosia Sigea differentia vitae

urbanae et rusticae *Thermodon*
ein Fluß in Cappadocien Val-
telino Schönberg Scotus Schönberg Teneriffa

Sulaco Venafro
Gegend
des Olympos. Weißbrun in Nieder-
ungarn. Zamora Jacca Baccho
Imperiali. Genua Larissa in Syrien

Oh! Wie schön das ist! Das schließt mich noch inniger ein ins Leiden, und wenn ich mich auf dem Klavier begleite ... wenn ich singe, mit Löchern zwischen den Worten, mit schallender Interpunktion, mit Einbrüchen in der Musik, so um mich zu schützen, um reglos zu sein in der Trauer. Das Leiden singt sich mit Schwingungen, mit Akzenten, die bringen in Wallung, was an Seele geblieben ist; hin und her fahren die Finger, bringen Musik auf die Tastatur, OH! die Beharrlichkeit, mit der ich zu Klängen zurückkehre, welche mich selber bedeuten, ein Hämmern, schneller und schneller, Schlagen, Schlagen, dann aufs neue die Traurigkeit, ein paar aneinandergereihte Töne, *»differentia vitae urbanae et rusticae Thermodon ein Fluß in Cappadocien Valtelino«*, aufrecht, aufgerichtet, mit eingeknickten Beinen, über die Tastatur gebeugt, ich komme, gehe, vor und zurück, hin und her wie beim Vögeln, AH! *»Tende Strömfeld Simonetta.«* Dieses Branden, gemischt mit Erguß, männlichem Zorn, und in mir die Ergießungen der unendlichen Frau, lassen wir ihr einen Augenblick freien Lauf, der Lust! *»Sorbonne Cölestin und Inozentius haben die Rede unter-«* ——— kommen Wörter, Klänge wieder, ein Mechanismus läuft ab, die einen, die andern, überstürzt, wie Kaskaden, und dann behutsam, getrennt. OH! der Rhythmus! ——— *»-brochen und sie genannt den Pflanzgarten der Französischen Bischöffe«*! Ich tanze, Herrschaften, in Ruhe, ledig des ehrwürdigen Ruhmes der Dichtung, ich schreibe nicht mehr, singen tue ich, mich krümmt die Wut, krümmt die Zärtlichkeit eines Mannes und einer Frau, die es treiben. *»Weißbrun in Niederungarn. Zamora Jacca Baccho Imperiali. Genua Larissa in Syrien.«*
Ich habe endlich den Punkt erreicht, wo ich wirklich zu reisen

beginne, nach meinen irrigen Irrfahrten, da war ich Gefangener der Sprache, auf der Suche nach den entflohenen Göttern, eingespannt in die Schwingungen zwischen Süden und Norden, Feuer und Frost, zwischen die Mutter und die Unmöglichkeit eines Vaters. Ich reise im Offenen, lasse mich treiben in ihm nach Lust und Laune. Hölderlin Scardanelli! Begreift ihr, Barone, die Ähnlichkeit, diese unterschwellige Alliteration und raffinierte Versetzung, Norden und Süden, Nebel und lichte Strände! Meschugge findet ihr das, Barone! Ich weiß nicht mehr, auf welchen Namen ich höre, das macht man mir nun zum Vorwurf, das kreidet man mir jetzt an. OH!
Der Rhythmus wird wieder wach auf der Tastatur, überschlägt sich. Musik, Wörter und Stille im Wechsel, und meine Füße, dieses Hämmern auf den Boden, schneller und schneller, ich fühl mich wohl, ich brülle, ich kann nicht mehr, man hat mir Gewalt angetan, harte Wellen, und etwas im Kopf explodiert, wie ein Irrer spiel ich, wie ein Irrer. Ich kann nicht mehr, ein Mechanismus läuft ab, ich wühle, schreite voran, grabe im klingenden Raum, Brandung in mir, Orgasmus von Mann und Frau, die es treiben. Wie eine Feder schnellt da mein Arm hoch, zuckt über sämtliche Tasten, entsetzliches Klirren, die Nägel, die Töne. Beifall. Ich trete drei Schritt zurück, wende mich um und grüß euch, Herrschaften! Beifall, Ovationen! Da capo! Da capo!

Sommer 1839
Müdigkeit, und dieses höllische Grillengezirp. Der unterbrochene, schrille Ruf durchbohrt die Nacht, summt und vibriert mir sogar im Körper. Das Fenster ist offen, ich hab antike Festlichkeiten im Ohr. Klappern, Zimbeln, Trommeln, Männer und Frauen schreiten heran. Sie kommen, sie sind im Kommen. Sie gehn auf dem Wasser des Flusses. Flöte, ein Ton, unerträglich hoch, ausgehalten, Synkope, ein wilder Schrei, der sich jäh überschlägt, und das Grillengezirp wie eine rotglühende Nadel im Trommelfell. Es geschieht mir nichts. Bacchanalien werden da vorbereitet. Ich gedenke, merk ich, bedauernd meines früheren Umganges mit den Griechen. Damit ist es aus: ein bißchen Bedauern. Ich erwarte nichts.
Aus dem Bauch gefetzt hab ich sie mir, die Verse, die Versu-

chungen des Gedichtes. Habe mich ihrer entledigt wie ekler, gefräßiger Würmer, von denen werden Banausen jedoch noch lange zehren. Ich harre aus, in Gleichgültigkeit. In Gleichgültigkeit, in Trostlosigkeit. Trostlosigkeit, das ohrenbetäubende Grillengezirp, nichts weiter.
In welchem Erdenwinkel werd ich mich bergen, um dort, auf immer in Nacht gehüllt, zu weinen? Ich lache, ich zittre angesichts eines so gänzlich vorgezeichneten Schicksals. Weshalb muß Sprache so heftige Wahrheit sein, daß ich im Leiden lebe? Weshalb? Ich bin da. Ein Schrei kreiselt hoch in mir wie eine Spirale, hält inne am Rande der Lippen. Ich warte da oben an meinem Fenster möglicherweise auf Katastrophen. Man hat mir die Zunge, das Wort abgeschnitten. Dieser tiefe Einschnitt in der Sprache. Und dennoch, ich schreibe, Tag für Tag, ich schreibe, befangen in Wut und Melancholie. Ich schreibe, kleine Gedichte, und fülle Seite um Seite. Die Götter fürchten und züchtigen den, der noch als Ruine Fragen stellt. Es gibt keine Götter. Götter? Scheiße, diese Götter.

Sommer 1814
Die Ebene öffnet sich meinem Schritt, sie bleibt offen. Weil nichts mir geschieht, weil ich durchgedreht bin, ganz plötzlich, öffnet die Ebene sich, unermeßlich, vielschichtig, vielfältig, gleichförmig auch, allzu flach, leer, zuweilen vernehm ich der Ebene Klage, versteh sie; ich laufe über die Ebene voller Getreide, durch Wiesen, an einzelnen Bäumen vorbei, durch düstere Baumgruppen, die setzen Akzente im Raum, der Blick verweilt da, schweift weiter, ich lauf durch die Wiesen, spring über Hecken und Bäche, laufe auf Wegen; wenn ich so laufe, treffe ich Ochsengespanne, Viehherden, die auf die Felder oder nach Hause getrieben werden, gehe an ihnen vorbei, an den Männern und Frauen, an Landstreichern, die sind der Erde noch nah. Blumen gibt's da, Kaninchen und Hasen, manchmal, verirrt, eine Hirschkuh, am Abend, da werden die Schatten blauer und lang, alle Blumen gibt's da im Laufe der Jahreszeiten, die Stege, die Flüsse, die Ebene insgesamt Gegenwart, drüber der Himmel, die Schafe des Himmels, ich lauf unterm Himmel, ich laufe, frei ist mein

Körper, besessen vom Jubel, das dank ich wiedergefundener Unwissenheit und immerwährender Trauer; hoch die Beine, die Arme skandieren den Schritt, im Wind, in der Sonne der Kopf, unter der Sonne Gegenwart ist die Ebene nicht die Welt, und mir ist bewußt, daß die andern auf dieser Welt, während ich laufe, sich mühen, sterben, verrecken, geboren werden, sich winden in Krämpfen, Grimassen schneiden, und die Ebene weiterhin meinem Schritt aufgetan, Hunde bellen, wenn ich an den Höfen vorbeigehe, Kinder schauen mich an und grüßen mich, meine Beine kommen zu Fall, stehn auf, meine Füße sind auf der Erde und lösen sich, unermüdlich, wieder von ihr, ich laufe, ein Mechanismus läuft ab, ergriffen bin ich von einem Jubel in Gleichgültigkeit, spür meinen Atem nicht mehr, da ist der Weite blaue Lust, reglos die Erde für mich, Bäume, Baumgruppen, Wälder, Gebirge, die Ebene, sanft gewölbt, öffnet sich weit meinem Schritt, Insekten gibt's da, Igel, Wiesel und Waldmäuse, Landstraßen, Wege, da peitscht mich das Gras, da klammern Äste sich an, die Landstraßen dienen mir nicht mehr zur Flucht, Flucht andern Stätten entgegen, die Innenhöfe der Bauernhäuser und die Geräusche der Ebene, vor allem manchmal der Wind, der fährt aus den Trichtern des Himmels, ich hab's nicht mehr nötig, zu kommen, zu gehn, jetzt, wo ich zurückgekehrt bin; mein Schritt hin über die Ebene ist ein Rhythmus, ich lauf vor mich hin, reglos ———

Winter 1831

Es gibt Tage, einfach so, da gehe ich ein in etwas, das ist noch ferner als Gleichgültigkeit, in eine weiße, nichtssagende Welt, das hält eine Weile an, manchmal Tage, Wochen, vielleicht auch länger, Monate, da will ich nicht mehr aus meinem Zimmer heraus, will niemanden mehr sehen, da verlange ich, daß mir mein Essen vor die Tür gestellt wird, warte und hole es erst, wenn man weggeht, da wasch ich mich nicht mehr, laß mir den Bart stehen, da ist mir die Natur schnuppe, ich nehme sie gar nicht zur Kenntnis, da ist mir alles Verlangen fern, ich mache mir nichts aus Musik, aus meinen Blättern, Büchern, Ideen zu Büchern, da hab ich den Eindruck, daß nichts existiert, auch ich nicht, empfinde nichts weiter als trüben Stumpfsinn, die Zeit vergeht ohne mich, Zeit gibt's nicht mehr; und ich bleib im Bett liegen, die Augen offen ins Nichts, ich döse, ich schlafe oder bin wach, egal, ich tue nichts, bleibe liegen, das ist nicht das Alter, ich bin halt im Bett, bin nicht mal einsam, sondern ein Ding unter Dingen, in gleicher Unbewußtheit, weder lebendig noch tot, als sei alles Denken und Sinnen, alles Träumen zurückgestaut, und ich habe eine Art bitteren Geschmack im Mund, ein Haufen Fleisch bin ich, schlaff, schmutzig, feist, schrumpelig, mein Kopf treibt ab, wie aufgelöst. SELTSAM! Aber das entspannt, ich mache nichts, bin nichts, ich gehe ein in ein anderes Dasein, verweile in ihm, in einer ganz eigenartigen Sphäre, in einem Loch, dessen Ränder ich nicht mehr wahrnehme, vielleicht hat's auch gar keine Ränder. Ich weiß es nicht. Und weiß es einer, so soll er antanzen, auf daß ich in tiefster Trostlosigkeit lache. Das ist meine Weise, wie rasend zu laufen, dieser Zustand.

Sommer 1813

Der unerhörte Augenblick, wenn ich zuweilen am frühen Morgen aufbreche und in der Dämmerung über die Böschungen des Neckars laufe, die Gärten, die glitzernden Weinberge entlang, ich schnür mir in meinem Zimmer die Senkel der Turnschuhe zu, eigentlich laufe ich schon. Im Haus schlafen sie. Draußen das Licht des Flusses. Begreift doch, ich will nicht spazierengehn mit bedeutenden Majestäten, die noch Genie aus mir herauspressen wollen; der Wahnsinn, der zieht die an wie Scheiße die Fliegen, wie Gold die Raffzähne! Ich massier mir die Waden, knete sie langsam, kräftig von unten bis oben, wiege mich stehend, mit schlenkernden Armen und mache mich auf, geschmeidig die Treppe hinunter, öffne die Tür, stampfe auf der Stelle, geschmeidig, und nehme den Weg unter die Füße, nach Osten zu, da steigt rot der Sonnenball auf. Ich bin, als Grieche, noch blutiger Anfänger, laufe im Weißen, entlang dem heftigen Blau des Meeres, manchmal auch unter Ölbäumen. Alles geht gut. Ich mach immer längere Schritte. Finde den richtigen Rhythmus.

IV

ZIMMER ZU EINEM BESUCHER

Manchmal habe ich das Gefühl, ich spreche von ihm wie von einem Insekt, einem Insekt, von etwas, von jemandem, der vollkommen anders ist, verstehen Sie, was ich meine? Aber oftmals ist er mir so nah in seiner Trauer, er, der Seher, dem das Wort im Überfluß zuteil geworden, er, der außer sich, der maßlos ist, daß ich den Eindruck habe, dieses Insekt spricht meine Wahrheit aus.

Wissen Sie, es kommen viele zu mir, bevor sie Hölderlin aufsuchen. Ich vermittle, erkläre, sage, was gesagt werden muß. Ich behüte ihn vor Ihnen und Sie vor ihm. Die Leute im Ort sagen zu mir: »Nu? Wie geht's denn Ihrem Deppen?« Was soll ich da schon antworten? Ich sage: »Gut geht es ihm, sehr gut sogar, er ist fast nie krank, er läßt sich's wohl sein.« Er läßt sich's wohl sein, glauben Sie mir. Er ißt mit großem Appetit, trinkt täglich seinen Schoppen Wein, scharf auf Wein ist er, der Sapperlotter. Er raucht sein Pfeifchen, geht spazieren, sitzt am Fenster in der großen Stube, treibt sich in der Werkstatt herum, er schließt sich in seiner Kammer ein, schreibt, singt, erzählt sich mit lauter Stimme Geschichten, spielt Klavier. Er schiebt eine ruhige Kugel. Wird nach Strich und Faden verwöhnt. Nun ja, vielleicht hat er eines Tages das Bedürfnis gehabt, allein zu sein. Stell ich mir manchmal so vor. Leute wie Sie kommen vorbei, statten ihm einen Besuch ab. Man bedauert ihn, man begegnet ihm mit Hochachtung. Und das gefällt ihm. Oh! am Anfang war es nicht ganz so einfach. Sie hatten ihn störrisch gemacht bei Autenrieth. Er sagt jetzt: »Es geschieht mir nichts. Es kann mir nichts geschehen.« Ich bin ausgestiegen, verstehen Sie, das will er damit sagen. Was mich angeht, ich begreife, daß ihn dieses Bedürfnis nach Einsamkeit etwas meschugge gemacht hat. Man kann nicht ganz und gar aussteigen, wie er's getan hat, das ist nicht drin. Das macht einen zwangsläufig kaputt. Jetzt ist er ruhig, stellt nichts mehr an, hat fast nie mehr Wutanfälle. Wenn man etwas von ihm will, muß man ihn freundlich, liebevoll behandeln, wie einen kleinen Jungen. Wir haben uns daran gewöhnt.

Es ist unglaublich, was die Leute mir für Fragen stellen in

bezug auf ihn. Ich kann das doch nicht wissen! Ich lebe in seiner Nähe, sehe also, was er macht. Das ist alles. Ich höre ihn sprechen. Er äußert seltsame, aber auch sehr vernünftige Dinge. Und sogar seine sonderbare, abgehackte, gebrochene Musik gefällt uns inzwischen. Das Zusammenleben mit ihm hat mich verändert. Ich hatte von Anfang an, sobald ich erfuhr, daß man ihn in der Klinik terrorisierte und schlecht behandelte, den Wunsch, ihn zu mir zu nehmen. Ist ja klar! Aber das war nicht der einzige Grund. Ich hatte einen anderen, geheimeren. Ich wollte ihn kennenlernen, ich wollte einem Verrückten nahe sein, einem Dichter, der verrückt geworden war. Das ließ mir keine Ruhe. Ein so gelehrter Mann, und überschnappen! Ich glaubte das nicht. Ich hatte ja auch seinen Roman gelesen, da gab es Seiten, die mich sehr berührten. Kurz, ich hatte den Eindruck, daß wir uns in vielem trafen.

Als Kind schnitt ich solche Grimassen wie er jetzt. Meine Mutter sagte, man müsse sich ja schämen, die Leute könnten denken, ich sei ein Idiot, ein Depp. Ich spielte den Narren. Den Narren der Königin und des Königs. Den Possenreißer. Von Hölderlin sprechen, ihn bei mir haben bedeutete wohl, dieses Spiel weiterspielen, ihm, der hier gegenwärtig war, zusehen, seinem Spiel, das er bis zum äußersten getrieben hat, Spiel des Narren eines abwesenden Königs und einer unergründlichen, furchteinflößenden Königin.

Sie wissen, er hat keinen Vater gehabt. Sein leiblicher Vater ist gestorben, als er sehr klein war, und der zweite hat's nicht viel länger gemacht, grade so lang, daß ihm bewußt wurde, daß er keinen Vater gehabt hatte und daß von seiner Mutter nur ein leeres, verschlingendes, unmögliches Wollen kam. Ich denk mir das jedenfalls so. Hören Sie, ich habe schon mehrmals gesagt, er ist schon verrückt gewesen im Mutterleibe. Und was noch dazukam, war sein unerhörtes Wissen. Er hat nicht alles verdaut. Er hat nicht verstanden, weshalb, er hat nicht eingesehen, was dieser Wille zum geistigen Besitz eigentlich sollte. Und dann die Poesie! Die hat ihn noch vollends zugrunde gerichtet. Nicht zu reden von diesen heidnischen Vorstellungen, an denen er jetzt noch hängt, von den politischen Überspanntheiten, die er noch immer äußert. Ich verstehe nicht alles. Doch ich begreife, daß er nichts billigt, fast überhaupt nichts. Das Gehirn ist zu Bruch gegangen, in unzählige Stücke, die sind nicht wieder zusammenzufügen. Bosheit steckt nicht in ihm, aber ein übermächtiges Wissen, Trunkenheit. Er redet in unverständlichen Sprachen, spricht einfach so Latein und Griechisch, wie wenn ich Ihnen ein Brett abhoble. Gewiß, er ist ein Gelehrter. Ein großer Herr! Sein Schmerz ist deshalb tiefer und undurchschaubarer. Ich habe mir das so zusammengereimt.

Andre behaupten, er sei einer Frau wegen verrückt geworden. Das glaube ich nicht. Er hat früher Umgang gehabt mit feinen Leuten, klug wie er war, schön, gut gebaut. Natürlich hat er Schlag gehabt bei den Damen. Als er, noch jung, aus der Klinik kam, war sein Gesicht, ich erinnere mich, manchmal sehr sanft, fast weiblich. Die vornehmen Damen sind sicher hinter ihm her gewesen. Aber in seinem Alter verliert man nicht den Verstand wegen einer Frau. Diotima, die, die er Diotima nennt, das muß ich Ihnen ganz offen sagen, daran glaub ich nicht. In unseren Landen dreht doch ein Mann von knapp über dreißig nicht durch wegen einer Frau. Da stimmt etwas nicht, meine ich, oder man macht zuviel Wesens um diesen Flirt mit der Bankiersgattin.

Man hat viel geredet über dieses Verhältnis. Aber man weiß nichts Genaues. Fest steht, daß der Bankier ihn vor die Tür gesetzt hat. Sollte er übergeschnappt sein wegen einer Frau, mit der er nichts Ernsthaftes hatte außer Getuschel, Blicken und verstohlenen Zärtlichkeiten? Hören Sie mal! Das ist die offizielle Version. Eine große platonische Liebe. Genaueres weiß man nicht. Aber vielleicht haben die Dame aus Frankfurt und er ihren Spaß zusammen gehabt, verdammt ihren Spaß gehabt. Man sagt doch, die Dichter, ah, die Dichter, ihr Fingerspitzengefühl, ihre Einfühlung und so weiter. Letztlich will aber ein schwäbischer Dichter wie Hölderlin, daß gewisse Wünsche Erfüllung finden. Muß doch wie jeder andere spüren, wenn's in der Hose schwer wird und zuckt. Offenbar war sie sehr schön. Wahrscheinlich hat der Bankier seiner Gattin eines Tages erklärt: »Susette, hör mal! Mir reicht's jetzt, was deinen gelahrten Bediensteten angeht. Er ist entlassen. Und du siehst ihn nicht mehr! Ansonsten dreh ich den Geldhahn zu. Häng dir den Brotkorb höher.« Es ist ja bekannt, wie so etwas ausgeht; Hölderlin mußte abziehen.

Die Affäre hat ihm noch den Rest gegeben, aber glauben Sie mir, verrückt war der schon im Mutterleib. Vielleicht hat er gedacht: Was? Ich, der geniale Dichter!, hinausgeworfen wie ein gemeiner Bediensteter! Ist wütend geworden. Noch wütender. In diesem Zustand haben sie ihn uns hergebracht.
Am Morgen spaziert er im Garten herum. Manchmal läuft er über die Ebene. Das beruhigt ihn. Die frische Luft und die Natur tun ihm gut. Er pflückt Blumen, macht Sträuße, flicht Kränze. Und rezitiert lange Gedichte. Er spricht andauernd, selbst wenn er allein ist! Er mag es nicht, wenn man ihn über Vergangenes befragt. Er hat ständig Angst. Ja, das stimmt. Angst davor, daß die großen Erschütterungen wiederkehren.
Er hat jetzt wirklich Ruhe. Er, der ständig eine Stelle suchte, sich mit Literatur beschäftigte und überall auftauchte und wieder verschwand wie ein Landstreicher, er hat jetzt ein Zuhause, man bedient ihn, wäscht für ihn, gibt ihm zu essen, hat ihn an einem Ort untergebracht, wo er sich wohl fühlt. Was will man mehr? Wir mögen ihn sehr, und er uns auch. Er betont immer noch gern, daß er mit vornehmen Leuten Umgang hatte, aber er ist nicht mehr so hochmütig wie zu Beginn.
Sehn Sie, da ist er! Kommen Sie her! Er ist im Garten. Hat Blumen gepflückt. Spricht mit sich selbst, wie üblich. Heute sieht er unzufrieden aus. Wir rufen ihn besser nicht herbei. Wenn er zurückkommt, stelle ich ihn Ihnen vor, und wir unterhalten uns einen Augenblick mit ihm. Sie können ihn alles fragen, was Sie möchten. Sie werden schon sehen. Er hat natürlich seine Schrullen. Wenn er Zutrauen gefaßt hat, ist er vernünftig, sehr höflich und unterhält sich gern. Und wenn Sie ihn um ein Gedicht bitten, schreibt er Ihnen eins. Es ist oft recht seltsam, man versteht zwar alle Worte, aber es bedeutet eigentlich nichts.
Er schreibt andauernd. Am Anfang hat ihn das aufgeregt, er war dann sehr reizbar. Jetzt macht es ihm nichts mehr aus. Aber er hört nicht auf. Ich gebe ihm regelmäßig Papier und etwas zum Schreiben. Er zeigt nichts her, nur die Gedichte. Er zerreißt nichts. Er schreibt, schreibt, schreibt. In seinem Zimmer stapeln sich die Blätter. In solchen Augenblicken darf man ihn nicht stören. Er könnte in Wut geraten. Ich habe

den Eindruck, er will sich leeren, sich reinigen, wie wenn er Klavier spielt. Er muß bis zum Äußersten eines Ausdrucks gehen. Meiner Meinung nach hat er, als er verrückt wurde, sich eine andere Sprache erfunden. Eine Sprache, die ihm gehört. Ich frage mich, ob ihn nicht Kant und vor allem Fichte durcheinandergebracht haben. Ein übermächtiges Wissen! Seine Gedanken sind wie Tauben, die um eine Wetterfahne fliegen und sich mit einemmal niederlassen, wie hingemäht. Dann hält er inne mit Schreiben oder Spielen und grunzt, er klagt wie ein Tier. Wir achten nicht mehr darauf.
Zuerst wollte ihn meine Frau nicht bei uns. Sie sagte, er mache uns nur das Leben schwer, und es sei nicht gut für die Kinder, um einen Narren zu sein. Ich bestand aber darauf. Jetzt mag sie ihn sehr. Er ist überaus freundlich und höflich zu den Damen. Wir haben eben über seine erotischen Bedürfnisse gesprochen. Ich hatte da etwas Bedenken. Schließlich hat er sich aber allein zurechtgefunden. Zu gewissen Zeiten, vor allem im Sonner, hat er oft gewichst. Wir haben's manchmal gehört, nachts, oder auch am Tag, wenn er im Bett blieb. Als er älter wurde, hat sich diese Manie gegeben.
Wie gesagt, der *unglückliche Hölderlin war schon in Muterleibe zum Mißgeschük bestimt. Als seine Mutter mit Ihm schwanger war, that Sie ein gelübte soll es ein Sohn sein ihn dem Herrn zu bestimen wie sie sich ausdrükte, nehmlich ein Theologe zu werden* ... Er *wolte ein Medicener werden* ... *und so wurde* er *wieder seinen willen Theolog*. Übrigens, wenn Besucher ihm gegenüber auf einer Antwort beharrten, und er wollte nicht antworten, hat er manchmal gesagt: »Ich bin der Herr Jusus! Ich bin der Herr Jesus!« Da durfte man wirklich kein Sterbenswörten mehr sagen, sonst wurde er furchtbar wütend. Beschimpfte jedermann, brüllte und wurde ziegelrot. Das Blut stieg ihm zu Kopfe. Er schloß sich in sein Zimmer ein. Doch er war *auch immer der erste welcher die Hand zur versühnung Bot*.
Wenn er geheiratet hätte, wäre ihm dieses schreckliche Unglück nicht passiert. Seiner Natur nach war er einem ruhigen Glück bestimmt. Da bin ich ganz sicher. Er ist nur einmal krank gewesen. Ich glaubte, das sei das Ende, er hatte zehn Tage lang Fieber. Seitdem nichts mehr. Ein stabiler Bursche.

Mit fünfundsechzig Jahren noch so lebendig wie mit dreißig. Nur der Kopf ist angeschlagen. Er *mag seine Fantasie auf Kosten des Verstandts bereichert haben*. Sehn Sie, da ist er! Wir sprechen ihn an.
Einen Augenblick! Noch etwas. Was ich Ihnen da erzählt habe, besagt nicht viel. Es bleibt an der Oberfläche der Dinge. Ich finde keine Worte für das, was ich verstanden habe. Durch Hölderlin habe ich viel von mir selbst begriffen, diesem Bereich meiner selbst, den ich nicht kenne. Zwischen uns besteht eine starke Bindung. Ich bin für ihn Vater, Mutter und ein älterer Bruder gewesen. Er hat es mir auf vielfältige Weise bestätigt. Ich hab ihm viel mehr geholfen als die sogenannte Medizin des Kanzlers Autenrieth. Weil ich, wissen Sie, weil ich nicht versucht habe, ihn zu heilen.

V

EIN TAG IM SOMMER 1821

Früher hatte der eifrige junge Mann Kraft und Unschuld genug, um zu schreiben. Früher verwandte der junge Mann seine aus Angst geborne Begeisterung darauf, sich ins Bewegte der Wörter, des Rhythmus zu stürzen.

Jetzt lausch ich der reinen Klage einer Oboe über der Ebene, ihr Gesang erfüllt den Raum, und ich träume im milden Licht, es ist Abend – aber der Anblick ist immer ein bißchen schmerzlich. Und plötzlich geraten die Bäume ins Schwanken, es erhebt sich ein Wind. Ich habe Angst. Angst vor einer Explosion in meinem Kopf, in meinen Augen, im Verborgensten meines Körpers. Aber nach der Erschütterung kommt der Trost, eine Frauenstimme, dieser Gesang, der nur von einer Frau kommen kann, Rätsel, Drohung und Trost, etwas, das meine Phantasie nicht erfaßt, rotes Zucken offener Mösen und ekle Gesten, runde ausladende Wogen fern in der Ebene, wie ich's in Bordeaux erlebt habe, wo die Garonne sich in den Ozean ergießt. Dort wiege ich mich hin und her, dort unten lauf ich, außer mir, ohne jemals innezuhalten, befangen in unerschöpflichem Atem. Ich kann sagen, auf welche Weise wiederholtes Zaudern diesen neuen Zustand herbeigeführt hat.

Eines Tages, es ist lange her, habe ich ein eigenartiges Zaudern empfunden. Ich hatte richtig Angst vor dem Schreiben. Zum Beispiel: Wenn ich einen freien Tag hatte, stand ich sehr früh auf, denn ich wollte unbedingt schreiben, aber schon die Dauer dieses Tages, den ich vor mir hatte, schien mir zu offen, unerträglich – und ich verfiel auf lauter Dinge, die mich am Schreiben hinderten: ich mußte ein Buch lesen, die Zehennägel schneiden, Kleidung zum Reinigen bringen, Einkäufe machen, dann aß ich, dann entschloß ich mich, spazierenzugehen, besuchte eine Weinstube, und wenn ich zurückkam, döste ich – also alles, um den Zeitpunkt hinauszuzögern, ich wichste auch, dachte an Frauen, kurz, wissen Sie, eigentlich wollte ich nicht mehr schreiben, ich hatte Angst und zog mit der Zeit dieses Zaudern, diese Verzögerungen, diesen unermeßlichen Raum, in welchem ich anfing zu laufen, dem Geschriebenen vor, welches all das in

Grenzen gepreßt hätte. Mir war die Leere lieber, dies Schweben, ich wollte, daß es kein Ende mehr nahm. Da bin ich krank geworden, nach und nach, zuerst körperlich, dann seelisch und geistig, damit ich mich nicht mehr mit Literatur befassen mußte, damit ich in diesem Zustand der Schwebe bleiben und frei in ihm laufen konnte, grenzenlos, ohne je zu ermüden, ein Zustand, überwältigend wie Bordeaux' runde Wogen. Dann verfiel ich, da ich nicht mehr über die Ruhe der Inschriften gebot, in Zuckungen, Auflösung, war aus den Fugen, lief wie ein Irrer, verrenkte mich, stampfte, gestikulierte und grunzte.

Die Ruhe kam später. Damals war das die Zäsur, dieser Raum einer derart unerträglichen Spannung, der schließlich Gestalt annahm und im Gedicht verschwand. Jetzt bin ich nicht mehr aufs Gedicht angewiesen, um diesen Zustand zu unterbrechen.

Es ist einfacher. Früh am Morgen stehe ich auf, manchmal vor Sonnenaufgang, dann vor allem. Weil ich im Sommer nämlich nicht recht schlafen kann. Die Hitze macht mich unruhig, mir ist bang. Ich gehe ins Freie, Zimmer erlaubt es mir. Ich zieh mir etwas über, schnür mir die Turnschuhe zu, mache mich auf, geschmeidig die Treppe hinunter bis ans Ufer vorm Haus. Ich mach, um warm zu werden, ein paar Turnübungen und breche mit kleinen, geschmeidigen Schritten auf, den Weinbergen entgegen, dorthin, wo über der Ebene die Sonne aufgeht. Ich laufe über die Ebene, den Abhang des Hügels entlang, auf meinen Atem konzentriert; Gedichte schreibe ich nicht mehr. Also, das ist mein neuer Zustand. Ich bin leer und ich laufe, achte darauf, wo ich hintrete, auf meinen Atem konzentriert, auf die frische Luft und die Nebel über dem Neckar. Zuerst ein paar Kilometer am Hügel entlang, zwischen Weinbergen, Gärten, und ich habe ganz stark das Gefühl, daß die Nacht mir im Rücken verblaßt, manchmal ein jähes Erschrecken, wenn mir im Laufen ein Vogel, aufgescheucht, mit sausendem Flügelschlag über den Kopf schwirrt. Ich laufe, ich muß nicht mehr schreiben, muß keine Begründung finden, wieso ich irgendwas tue, weder Bediensteter noch Dichter, ich mache immer größere Schritte, der Rhythmus wird schneller, auf dem Boden das Geräusch meiner Füße, und dann geh ich durch die Ebene, über einen Steg übern Fluß, und ich gehe auf Wegen, durch Wiesen, spring über Hecken, laufe in Eile unter Bäumen hinweg.

Läßt aber, wenn ich so laufe, meine Aufmerksamkeit, meine Konzentration auf Körper und Atem nach, steigen beharrlich befremdliche Bilder auf: Ich schlage sie, schlage sie immer stärker, sie heult, schreit, es sei soweit, es komme, und ich schlage sie weiter, noch stärker, diese Serviererin, die früher einmal bei mir war in Jena, sie schwenkt ihren Arsch hin und her, auf allen vieren, und ich besorg ihr's von hinten, sie schreit, daß ihr's kommt, wirft, gleichsam fordernd, den Kopf in den Nacken, ich schlage sie immer noch, jetzt vor ihr, und ramm ihr den Schwanz in den Mund. Mutti! Ich habe das nie gemacht, nie hab ich so etwas erlebt, aber sie, dieses Weib, ist zugange wie eine Teufelin, jetzt stützt sie sich auf einen Ellbogen, kann sich's dann besser machen, dreht sich wieder auf den Rücken, läßt ab von mir, zieht vor mir mit gespreizten Beinen, mit beiden Händen die Spalte breit, die klafft von oben bis unten, man kann alles sehen, und ich stürz mich brüllend hinein, und ich spring über Hecken und Zäune, lauf immer schneller über die Wiesen, sie zerkratzt mich, beißt mich, und jedesmal wenn ich den Schwanz herausziehe, knetet sie ihn, reizt ihn hoch mit den Fingernägeln, und ich werfe mich über sie, sie erstickt fast, und in mir wird es leer, wenn sie die Schenkel wölbt, mir den Bauch entgegenreckt und mich verschlingen, mich in ihr feucht-rotes Loch hineinsaugen will; alles in Schwingung, dann Stille – ein Baum, Licht über den Feldern genügt, damit dieser Spuk verschwindet und ich wieder meine hämmernden Füße höre und meinen Atem, ich springe, ich lauf über Bäche, vor der Sonne her, ich kehre zurück über die Ebene, schnell, ruhig, die Sonne verfolgt mich, ich weiß, sie wird mich erwischen, genau im Nacken, und ich gehe zu Boden. Ah! Nein! Majestät! Es kommt nicht in Frage, den glühenden Gott vor mir anzurufen.

»Ich wollte nichts dergleichen tun.«

»Verlogene Majestät, ich bin, was Ihre Absichten angeht, nicht auf den Kopf gefallen. Lassen Sie die Götter in Ruhe, wenn ich anwesend bin.«

»Lassen Sie mich in Ruhe mit Ihren Göttern!«

»Sie haben recht. Die Götter, eigentlich ...«
»Ich will Ihnen folgendes sagen: Hegel irrt sich, in einem solchen Staat wird man nicht mehr leben können, man wird das Volk nach und nach töten. Hegel mit seinem Vernunftstaat wird uns tyrannisieren.«
»Der Wahnsinn ist da vorzuziehen.«
»Nein! Schweigen Sie! Sie wollen die Götter beleidigen.«
Wenn ich, sehr würdig in meinem blauen Morgenrock, mein Frühstück einnehme, betrachte ich lange die offene, glänzende Ebene, ich verliere mich in ihr, durchquere sie, nichts, was mich hinderte, und die Vögel flattern vor mir auf. Die Ebene ist im Fenster, aber nichts begrenzt sie, unermeßlich ist sie, zur Linken und zur Rechten, dort unten säumt sie den Fuß des Hügels, und ich betrachte sie, still, während Frau Zimmer und ihre Töchter in meiner Kammer herumwirtschaften. Die Ebene glänzt unten den Morgennebeln. Bäume und blaue Dörfer auf dieser Seite da. Menschen gehen herum. Ich bin still angesichts dieser unermeßlichen Ruhe. Ich stehe auf und improvisiere ein paar Sätze auf dem Klavier. Dann kehre ich an den Tisch zurück.
Ich bin vom Laufen zurück, Zimmer ist auf, er öffnet die Werkstatt. Sein Geselle und die drei Lehrlinge kommen. Ich halte mich oft in diesem Raum auf, er ist mir lieb, da gibt's nur nützliche Dinge. Einmal, am Anfang, hat mich ein Lehrling beschimpft. Zugegeben, ich hatte ihn gereizt. Ein andermal wollte mich einer beiseite stoßen, weil ich mich vor ihm verrenkte und schreckliche Grimassen schnitt. Dann sind wir uns in die Haare geraten, und ich wollte ihm gerade eine wischen, da ist Zimmer erschienen und hat uns getrennt:
»Schluß jetzt, Hölderlin.«
Und weil ich den Lehrling nicht loslassen wollte, habe ich mich halt mit Zimmer gerangelt. Er ist stärker als ich, er hat mir Räson beigebracht. Am Anfang hab ich mich gern mit Leuten angelegt, die mir nicht paßten. Jetzt nicht mehr. Jetzt bin ich anderswo. Anderswo und voller Energie, da zu bleiben. Die Ebene atmet sacht, ich spüre, wie sie sich hebt, sich senkt, wie die Wellen von Bordeaux in der Ferne, und ich fühle, wie sie die Schenkel um meine Hand preßt, ich kralle sie ihr ins Loch, ich mach's ihr, sie stößt ein schrilles Röcheln aus und beißt sich auf die Lippen. Jetzt ist meine Wäsche

schon wieder feucht. Muß heute eine geballte Ladung gewesen sein. Wenn's nur nicht durchfeuchtet. Diotima war nur für diese Art der Liebe. Wenn wir es uns so gemacht haben, sind wir in Tränen ausgebrochen vor Überschwang. Nein!
In der Werkstatt sagen sie zu mir »Guten Tag, Herr Bibliothekar«. Schiller gab mir den Rat, so zu tun, als hätte ich einen Titel, ein Amt, einen Beruf. Ich grüße die Männer in der Werkstatt. Wir wechseln ein paar Worte.
»Haben Sie gesehen, Herr Bibliothekar? An der Straße nach Bebenhausen hat ein Trupp Komödianten mit Marionetten, Bären und Affen haltgemacht.«
»Nein. Ich bin heute morgen nicht da vorbeigekommen.«
»Sie tragen bunte Kleider, aber man sagt, sie stibitzen.«
»Sie leben mit den Göttern, deshalb muß ihnen die Härte des Nordens Achtung zollen.«
Etwas X-Beliebiges, aber etwas. Etwas tun im Leben, riet mir Schiller, sonst werden Sie von den Leuten nicht akzeptiert, sonst schließen sich die Türen.
Ich grüße die Leute in der Werkstatt. Geh in mein Zimmer hinauf. Sie sagen »Auf Wiedersehen« zu mir. Meine Tage sind recht einfach.
Jetzt lebe ich die Zäsur, ohne daß sie Gestalt annähme in literarischer Arbeit. Ich lebe sie ununterbrochen, und ich laufe, wie rasend, frei, von einem unerschöpflichen Atem besessen. Jetzt herrscht Stille, Stille und ein so ausdauerndes Schweben, jetzt, wo mein Laufen Vogelflug ist. Ich schließe die Augen und seh diese Leichtigkeit, dieses Spiel. Ich bin der Vogel, schweife im Wahnsinn herum und spiele, schwebe herunter, steig wieder auf, geb dem Winde mich hin, stoße im Sturzflug hinunter und kreise, mit einem einzigen Flügelschlag mein stilles Gleiten verlängernd.
Weil ich nämlich, sehn Sie, kleine Majestäten, endgültig gebrochen habe, und ich wüßte, läs ich mich wieder, daß der Bruch mit Sinn und Gegenwart sich vollzogen hat. Ich breche mit den Institutionen, dem Staat, der Macht und dem ganzen Klimbim, selbst wenn ich Tag für Tag in jähen Anwandlungen von Wut, Beruhigung, Stille schreibe, stampfe und voranschreite im Tod, während ich über die Ebene laufe, da unten, leicht dank der Spur von Feuer, das mich versengt, von insgeheimer Begeisterung. Ich bin auf die andere Seite

des Sinnes gekippt. He, nicht stoßen! Ich finde da selber hin. Lassen Sie mich in Ruhe, feiste Juno! Juno, die riesige, zermanscht mich in ihren Pranken, ich laufe, unermüdlich, vom Feuer versengt, ich laufe, bewege mich laufend in gleichbleibendem Schritt voran, die Arme geschmeidig am Körper, die Beine gehn vor mir her. Der Schwarm der Götter, der summende, stammelnde Schwarm der vom Blitz getroffenen Götter! Schrill pfeift der Haß der Juno, die sich in den Hüften wiegt und ihre dicken Arschbacken schwenkt. Herr Bibliothekar?

»Kann ich Ihnen zu Diensten sein?«

»Ich habe tiefgreifende Bedenken anzumelden, Ihre Sophokles-Übersetzung betreffend.«

»Eiei!«

»Sie können nicht Griechisch.«

»Baron, Sie haben weder etwas von Sophokles begriffen, noch von der Auflösung, die das Wesen des Tragischen ausmacht.«

»Herr Bibliothekar, verweigern Sie sich nicht dem Lichte des Geistes.«

»Es gibt kein Licht des Geistes. Das Licht des Geistes wird nicht zugelassen. Man muß alles nochmal erfinden, von Grund auf. Alles. Ich weiß nicht, ob die Götter mir gestatten, mehr darüber zu sagen. Es wäre besser, wenn Sie mir den Befehl erteilten, dieses Gespräch abzubrechen.«

»Weshalb denn? Sprechen wir weiter.«

»Ich bin anderswo, anderswo. Die Zeit ist barmherzig. Geben Sie mir den Befehl, aufzuhören. Pallaksch!«

»Wie bitte?«

»Pallaksch!«

Ich laufe gern über die Ebene, denn da seh ich sehr weit, in Entfernungen, scheint mir, die unendlich weit von meinem Körper sind. In solch unmöglicher Entfernung bin ich mir besonders nah, fast mit mir kongruent. Dann halte ich inne, laufe nicht mehr. Ich habe den Eindruck vollkommener Reglosigkeit. Atme nicht. Bin ganz allein in meinem Zimmer, allein und den Menschen sehr nah. Ich atme nicht, spreche nicht. Ich bin da. Es kann mir nichts zustoßen.

Sicher, kein Tag, an dem nicht, wie ein schwerer Stein das Unglück auf mir lastet, ich beug mich, lasse den Kopf hän-

gen, schwer sein. Den Kopf sich verlieren. Die ganze Last des Unglücks, Gehäuse bleischwerer Trauer, die mindert sich nicht. Ein Singsang ist es, ein rollendes Grunzen, es mündet in anhaltendes, lautes Gebrüll, das kann ich jetzt innerlich ausstoßen, ohne daß jemand es hört. Nein, meine Tage sind recht einfach. Es geschieht mir nichts, nur tiefes Unglück, wieder und wieder, wie die Wellen von Bordeaux. Wenn aber die Zimmerschen Töchter in der Küche herumwirtschaften, macht es mir Spaß, ihnen zuzuschauen. Ich seh ihnen zu, sehe mir alles an, die wohlgeordneten Wandschränke, den Geschirrschrank, jeden einzelnen hölzernen oder kupfernen Gegenstand im Raum, und ich denk mir, daß es die Unschuld, die lächelnde Ruhe der Leute vielleicht noch gibt, aber daß all das einmal aufhören wird, denn andre, die Reichen, wollen das Volk töten. Sie werden es töten, gewiß! Sie werden aus ihm graue Massen machen, die von der Arbeit zerrieben werden, sie werden aus ihm Massen machen, die an ihren armseligen Freuden kleben. Ich betrachte die blauen Schatten des Schloßberges und laufe bis zur Wurmlinger Kapelle. Mit Hegel begann dieser Marsch in die Zukunft, der falsch ist. Gewiß! sie werden das Volk töten! Gewiß!
Die Last des Unglücks, in meiner Kammer, trotz der Sonne, wenn ich das schreckliche Gefühl habe, daß sie mir fehlt, Schmerz und Sehnsucht, das Gefühl, daß sie absolut abgeschieden ist durch den Tod, daß ich von ihr abgeschnitten bin durch dieses verrückte Eingesperrtsein. Aus dieser unendlichen Entfernung heraus liebe ich sie und leide darunter. Ihr dank ich mein stimmloses Reden, diesen Gesang, der nicht mehr auf Worten beruht, der anschwillt, erstirbt und ersteht in kalter Finsternis, trotz der Morgensonne. Ihr entgegen, diesem unmöglich wiederzufindenden Traum meines müden, zerrütteten Körpers, meines geschwächten Kopfes. Ich breite die Arme aus, recke den Bauch heraus. Nichts weiter als schwarze Kälte, Schrecken wie verschwiegene Entsagung, wie in die Kehle hinuntergewürgtes Gebrüll, Schrekken wie ein verschluckter Schrei. Der Schrecken vorm Dunkel, Diotima! Es gibt am Himmel unerbittliche Linien, schärfer als Feuerstein. Ja, vortreffliche Majestäten, man kann seinem Schmerz noch so sehr hinterherrennen, man wird nur mit dieser lächerlichen Annäherung bedacht: mit

den Sätzen, die man Tag für Tag auswirft. Man hat nicht begriffen, daß ich zersplittert, gespalten, daß ich am Auseinanderbrechen bin. Das ist schöner Beharrlichkeit und Bewegung eigen. Der Schrecken, Diotima, vor meiner Männlichkeit, die nun zu nichts gut ist.
Zimmer hat mir heute morgen gesagt, ich hätte meiner sehr verehrten Mutter lange nicht mehr geschrieben, es wäre schön, wenn ich es täte. Gut, gehorchen wir Zimmer. *Verzeihen Sie, liebste Mutter! wenn ich mich Ihnen nicht für Sie sollte ganz verständlich machen können. Ich wiederhohle Ihnen mit Höflichkeit was ich zu sagen die Ehre haben konnte. Ich bitte den guten Gott, daß er, wie ich als Gelehrter spreche, Ihnen helfe in allem und mir. Nehmen Sie sich meiner an. Die Zeit ist buchstabengenau und allbarmherzig. Ihr gehorsamster Sohn.* Nein! Das geht nicht! Ich fange noch einmal an! *Theuerste Mutter! Wenn Sie es nicht ungütig nehmen, schreibe ich wieder an Sie einen Brief. Ich befleißige mich, es an Bezeugung meiner Ihnen gebürigen Ergebenheit nicht fehlen zu lassen. Ich muß schon wieder abbrechen. Ich bin mit Bezeugung meiner gehörigen Empfindung Ihr gehorsamster Sohn.* Das ist besser. Aber ich muß auf der Hut sein. Sie weiß, was ich denke. Ich muß mich des Gehorsams und der Ergebenheit befleißigen. Muß mich ganz klein und bescheiden geben. Sie überwacht mich. Sieht mir zu. Sie weiß. Ich muß meinen Haß verstecken. Das hier ist noch bescheidener. *Ich bin so frei, mich auf Erlaubniß des gütigsten Herrn Zimmers gehorsamst zu empfehlen, und nenne mich Ihren gehorsamsten Sohn. Hölderlin.* Prima! Sie wird nichts merken. Trotzdem, auf der Hut sein! Nun habe ich ihr geschrieben und muß eine Weile nicht mehr. Eine Weile. Kehren wir zu Ödipus zurück, bitte sehr!
Ich wiederhole: *Eigentliche Sprache des Sophokles, da Aeschylus und Euripides mehr das Leiden und den Zorn, weniger aber des Menschen Verstand, als unter Undenkbarem wandelnd, zu objectiviren wissen.* Und ich füge hinzu, damit alles im Lot ist: Ödipus, *das geisteskranke Fragen nach einem Bewußtsein.* Und ich schließe, um die Diskussion zu beenden, geplagte Majestäten: *Viele versuchten umsonst das Freudigste freudig zu sagen / Hier spricht endlich es mir, hier in der Trauer sich aus.* Unnötig, darauf zurückzukommen. Jeden Tag sag ich mir, ich muß ausharren im Trauerspiel. Muß durchhalten, möglichst lange, möglichst ruhig nun, denn ich muß meine Energie

darauf verwenden, zu verweilen, so, wie ich bin, anderswo und abgeschieden.
Am offenen Fenster, angesichts der strahlenden Ebene: Das Freudigste spricht mir, hier in der Trauer sich aus. Trauerspiel! Trauerspiel!
Ich kehre an meinen Tisch zurück. Warum ist Goethe mir böse? Warum seid ihr mir böse, ihr Mächtigen der alten Welt? Warum verteidigt ihr, die ich für tot und verfault hielt, euch so entschieden, so wild? Aber hier bin ich außer Reichweite, Goethe. Ich sage euch, wahrlich, das Wort des Propheten wird seit der absoluten Verbannung in dieser Kammer da laut. Aber nein! Es geschieht mir nichts. Ich sage nichts. Ich verweile. Das allerdings: ich verweile. Übriggeblieben! Weil ihr glaubt, ich sei mir darüber nicht im klaren. Ich hab die Vögelchen satt, die Enten auf dem Neckar! Habe die Ebene satt, diese immer gleichen Bäume! Habe mich selber satt, der stammelt und irgendwas schreibt, wie's grade kommt. Satt! Satt habe ich es, wie ein Verirrter herumzurennen, hab meine Krämpfe, Grimassen satt. Ich bin tot, bereits tot. Habe es satt, am Klavier stampfend den Tanz meines Todes zu improvisieren, das verwirrt mir den Sinn. Man klopft.
»Wer ist da? Ich will niemanden sehen!«
»Ich bin's, Lotte!«
»Was willst du?«
»Ich bring Ihnen Ihre sauberen Hemden.«
»Komm herein, Lotte, komm!«
»Stör ich Sie auch nicht ...«
»Nein. Du, du störst mich nicht. Aber ich bin unzufrieden. Es ist zu heiß. Der Norden läßt sich von den Göttern des Südens sonst nicht so widerstandslos einnehmen. Das mischt sich nicht richtig.«
»Haben Sie auch nicht vergessen, daß Sie gleich mit Papa den Postwagen nehmen? Sie sollten sich anziehen.«
»Ich habe es nicht vergessen. Ich mache mit Zimmer eine Reise. Es kann mir nichts geschehen. Meine Musik, mein Trällern und Grunzen sind Laut, sind Rhythmus dessen, was man nicht aussprechen und nicht verstehen kann. Lotte, studier fleißig dein Gesangbuch, weil's in der Welt diesen Laut gibt.«

»Ja, Herr Hölderlin. Ich gehe jetzt.«
Manchmal sind die Leute freundlich. Manchmal sind sie böse. Pallaksch.

Zimmer und Hölderlin sind in den Postwagen gestiegen. Die Reisenden hatten bereits Platz genommen. Nämlich Justinus Kerner, Arzt mit literarischen Neigungen, ein Pfarrer und ein Apotheker. Zimmer und der wahnsinnige Dichter nehmen Platz. Hölderlin* erkannte den Arzt. Er umarmte ihn mit liebevollem Ungestüm und sagte zu ihm:
»Es ist überaus erfreulich, Majestät, Sie während Ihrer Reise in den Norden anzutreffen. Wo der Gesangkraft ein Stern entspringt, wie ein Komet über den Himmel zieht und sich, einem Nachtmahlskelch der Schöpfung gleich, verströmt, da wird ein Meer geboren, das die Nordsee heißt, sowie das Eisen auf ihr. Vom Norden wird uns Nieerhörtes kommen, denn das Feuer weist in diese Richtung wie auch sein Geist, die magnetische Kraft.«
Hölderlin begann zu zittern und wand sich in schrecklichen Krämpfen. Der Postwagen war losgefahren. Hölderlin sprach weiter:
»Majestäten und Barone, Sie sollten den Metallgeist der Erde und sein Auge, das Gold, ehren! Zerreißt nicht seine Glieder, um sie zu verschwenden, schamloses Volk! Ah! Ah! So möchte ich mein Leben leben, in einer einzigen, reinen Flugbahn.«
Seine stumpfen Augen funkelten mit einemmal, er brach in Tränen aus und fuhr schluchzend fort:
»Oh, Deutschland, du bist flach wie ein Eselsrücken! flach wie ein Eselsrücken!«
Kerner tat nicht dergleichen, deutete lediglich ein verlegenes Lächeln an und warf den Mitreisenden rasche Blicke zu. Der Apotheker sagte zum Pastor, der neben ihm saß:
»Meiner Meinung nach enthält die Seele dieses Menschen zuviel Sauerstoff. Um ihn endgültig zu heilen, müßte man ihm nur eine mit Wasserstoff gefüllte Schweinsblase einführen.«

* Die Szene im Postwagen lehnt sich, mit Veränderungen, an einen Text von Justinus Kerner an.

Zimmer hatte diese leise Bemerkung gehört, zuckte die Achseln und begann unverhohlen zu lachen. Hölderlin summte neben ihm vor sich hin. Der Pfarrer legte los:
»Aber durchaus nicht, mein Herr! Da bin ich ganz anderer Meinung. Materialismus und Chemie sind die schlimmsten Feinde der Moral.«
Er stand auf. Der Wagen ruckte, der Pastor wäre fast hingeschlagen. Er setzte sich wieder und richtete sich mit strenger Miene auf. Dann hielt er folgende Rede, wobei er fieberhaft in seinen Taschen wühlte:
»Wir wollen Gott das Urteil über die Bestandteile der Dinge, vor allem aber über die Bestandteile unseres Körpers und unserer Seele anheimstellen, und ich halte alles Nachgrübeln darüber ...«
Er zog einen Ausschnitt der Leipziger Zeitung aus der Tasche.
»... für ein Zeichen unmoralischer, dämonischer Neugier. Es trifft zu und ist erklärlich, daß der Wahnsinn wie eine neue Pest um sich greift ...«
Er zog den Bericht einer Studienreise durch die Erziehungsinstitute Deutschlands aus der Tasche, den hatte ein Mann von Geist verfaßt.
»... und ansteckend wird ...«
Der Apotheker bezog das wahrscheinlich auf sich, denn er holte ein Fläschchen Riechsalz aus der Tasche, an dem er nervös herumschnupperte.
»... würden wir jedoch nur die Schriften unserer Zeit lesen ...«
Und er holte aus seinen Taschen die beherzigenswerten Worte eines im Sterben liegenden alten Mannes hervor.
»... um uns klarzumachen, wie wir die heutige, so geschmacklose Literatur eindämmen können, dann würden wir ohne weiteres einsehen, woher dieser Wahnsinnsstoff stammt, gegen den nur eine Roßkur hilft: eine seit frühester Jugend gründlich eingetrichterte Moralität.«
Der Pfarrer zog noch einen Auschnitt aus einem Bildungsjournal aus der Tasche: »Der schmeckende Wurm.«
»Und jetzt, mein armer Freund«, fuhr er fort und wandte sich an Hölderlin, um ihm alle seine Ausschnitte zu überreichen, »mein armer verwirrter Freund, empfangen Sie, um mich den

Worten des Herrn Apothekers anzunähern, den echten Wasserstoff, das Wort erfahrener Leute, das Wort gebildeter, gesunder Leute, überreicht von der Redaktion des ›Schmeckenden Wurms‹.«
AAAAHHH! brüllte der Pfarrer.
Hölderlin stürzte sich auf ihn, packte ihn bei der Gurgel und hätte ihn erwürgt, wenn Kerner und Zimmer ihm nicht beigesprungen wären. Der Postwagen hielt. Der Kutscher sah nach, was da los war. Zimmer sprach am Straßenrand ein bißchen mit Hölderlin. Man befand, für die Wegstrecke, die bevorstand, solle er neben dem Kutscher Platz nehmen, war doch der Apotheker der Meinung, diese Krise sei auf die stikkige Luft im Postwagen zurückzuführen.

Sowie sie zu Haus sind, geht Hölderlin müde hinauf in sein Zimmer. Durch die westlichen Fenster scheint noch die Sonne. Da ist sein Bett, rechts, gleich wenn man hereinkommt, dann in der Mitte ein Tisch und ein Stuhl, und weiter weg, zwischen den beiden Mittelfenstern, an der Wand, wo der Turm ist, der eine Ausbuchtung bildet, ein rundes Tischchen. Links an der Wand das Klavier, und im Zimmer, auf den Möbeln, auf dem Boden verstreut, einzelne Blätter, ganze Stapel auch, Bücher, seine eignen und andere. Das reicht, um sich zurückzuziehen und nichts zu spüren von dieser Welt, der er den Rücken gekehrt hat. Er ist wieder da nach der Reise im Postwagen, irgendwie grauenhaft unbeteiligt. Setzt sich auf sein Bett, steht dann auf und geht an den Tisch, schaut sich nichts an, sieht vor sich hin auf die Wand zwischen den Mittelfenstern, reglos, vollkommen starr, flach auf dem Tisch die Hände, die Augen leer. Er steht auf, geht hin zum Fenster, blättert mechanisch in den Papieren auf dem Tischchen, geht, dann wieder zum Tisch zurück, beginnt mit gesenktem Kopf rundherum zu laufen, die Hände auf dem Rücken. Wie ein Karussell, lange. Schließlich bleibt er an der Ecke eines Fensters stehen, sieht sich die Sonne an. Öffnet das Fenster. Lehnt den Kopf gegen die Scheibe. Dann dreht er wieder, schleppenden Schrittes, seine Runde, durch Blätter und Bücher. Jedesmal, wenn er in die Sonne kommt, bleibt er stehen, hält den Kopf schief, blinzelt. Manchmal kommt ein Bild der heutigen oder einer früheren Reise hoch, er sieht einen Fluß, Berge,

über die er früher einmal gewandert ist, eine Stadt, und von Bild zu Bild, nur zu gut weiß er das, wächst die Gefahr, daß er auf Schmerzliches stößt. Doch für gewöhnlich geht er, er kennt das, dann ans Klavier, oder er redet laut über irgend etwas oder konzentriert sich auf das, was er jenseits der Fenster wahrnimmt, dann vergehen die Bilder. Er sagt: das Gedächtnis ist Zorn oder Schmerz. Der Mensch darf im Sommer die Schönheit des Abends nicht trüben. Man soll sich nicht ablenken lassen von der Milde, von den Perspektiven des Abends, wenn's noch Tag ist, die Nacht kommt noch früh genug. Sind sie alle tot, die, die nicht wollten, daß meine Werke gelesen werden? Er sieht Gesichter, Orte, Szenen ziehen vorüber, aber man muß erneut im Zimmer herumgehen, versuchen, das alles zum Stillstand zu bringen, Leere zu schaffen, so rein, klar, ruhig zu sein wie das Blau des Himmels.
Stilles kleines Gesicht, verlassen, die Scheibe an der Wange und die Sonne sie zieht vorüber, harte Stille, der blaue Abend der denkt nicht dunkler Strich und das Gesicht an der kühlen Scheibe, schauen, um nicht zurückzuschauen, blau die Ebene Neckar und Forst düster, Schloßberg, Schwalben sehn Mauersegler, der Einsamkeit Augenblick, kein Denken, Gesicht, verlassen, Schweigen, stillte den Schmerz und verloren verloren Tür durchschritten behutsame Schritte, die Nacht droht Scheibe leer Spiegelungen, im Auge, einfach der Eindruck einer vorangegangenen Katastrophe, ist nicht, Frau und Zerrissensein *in lieblicher Bläue* und den Weiden, offen die Ebene, Licht, Gesicht, verlassen, an der Scheibe, die Augen schließen, doch Vorsicht

unbekannte Musik offnes Fenster, Sonne zwischen den Bäuman und aufgereiht, blühen lassen, goldnes Rechteck im Schatten ferner Gehölze, durchlässige Leere, nichts, wiederholt das Werk, ausgeschöpft das Werk und der Mensch darin, den fahlen Himmel sehn, nichts verwischter Umriß schwarz und grau zwei schwankende Espen, leiser Wind

Denken Null verboten Leiden Unbeteiligtsein verwischtes Gesicht Falten, Zähne, ins Schweigen geschlagen, da unten Geschrei, muntres Geschrei junge Mädchen mit Jungs auf den

Böschungen, strahlende Stege, Kähne, Fluß in Flammen, wart nicht zu sehr an der Scheibe der Mensch kann nicht Gesicht, verlassen, keinerlei Seltsamkeit blühen lassen Sonne und die geschlossene Tür und aufragend die Ebene wie eine Mauer, morgen laufen, wieder über die Hügel ruhig ich bin nichts die Ebene und die Vögel, Scheibe und Gesicht, verschlungen sehen, Turm drüber, Stift drüber, dann Schloß dann Grab Grabschrift, Verzerrung im Licht nichts

geschieht mir nichts kalte Wange, Sonne festgepinnt und die Frau im Garten verschlingt Gesicht, stillte den Schmerz Fenster das Dunkel auf der andern Seite, aufrecht, die Stirn heimgesucht und verloren verloren der einstige Sommer einer Frau der Tod, Platanen Fuhrwerke Nebel, Linien über der Ebene, laufen, sehen, die Flucht sehen, eine einzige Flugbahn im Auge an der Scheibe Wange glühend verkrampfte Hände

schweigend zieht Hermes vorbei der sacht den Tod bringt und Deutschland der Revolte bald nicht mehr fähig die Katastrophe im Innern vervielfacht der Wahnsinn in den Körpern, Hand auf den Himmel gelegt wird vervielfacht werden wie wahnsinnig unheilbare Wunde und der Mensch verloren den verlorenen Menschen die Wundränder aufkratzen sehn rote Narben im Garten da, Steine Obstbäume Funken Neckar da schweigt der Mensch milchweiße Stille bin unversöhnlich zwischen den Wimpern die Sonne und die Spaziergänge von einst Tote bringt sie die Mutter Messer

aufrecht Verfall die Scheibe an der Wange die Ebene ist offen, Tür geschlossen und Schritte auf der Treppe, nichts geschieht, warte nicht stilles Gesicht, verlassenes, Zuckungen des Verfalls wenn Nacht droht und Schlaf unmöglich Grunzen, Stift drüber, der Turm, schwarze Tannen laufen und sehen sehen sehen leidend die Körnung der Mauer unter den Fingern Berührung

abends Hitze der Tod darunter stiller Verfall Katastrophe nichts zu sagen nur das schwarze Wasser mit dem Abend die gleiche Dichte des Dunkels in den Bäumen und unter den Augenlidern in den Bäumen und unter den Augenlidern Schattensäume, Nacht Mutter Messer geköpfter Gott der Mensch aufrecht seit langem ohne Kopf Wange Gesicht, verlassenes, Tierfelle Gesicht, verlassen, gräßliche Masken wenn alle um die Wette fröhlich sind, warte nicht ohne zu fliehen Felder verloren dort unten die alten Runden und die Finten entdeckt, Spiegelungen weniger stark, Durchschreiten behutsame Schritte Tür geschlossen stillte den Schmerz zwischen den Wimpern und die Sonne vor der Nacht das Verstummen der gefangenen Vögel der Augenblick

kann es nicht anders machen der Schustermensch, Buonarotti, vom Gott gevögelter Sohn, Tränen um eine Frau Gesicht, verlassen, kann nicht anders wenn die Polizei die Treibjagd und Flucht und Wiederbeginn der Reise, über die letzten sichtbaren winzigen Bäume sehn die Angst und die Nerven verknüpft weil die Nacht

Vielleicht sollte man das jetzt alles in Musik umsetzen, die Angst vor der nahenden Nacht hinausschieben und lange, möglichst lange spielen, solange die andern noch wach sind und über die Dinge dieses Tages sprechen, den ich wieder einmal verzettelt habe wie alle andern Tage, die vergangenen und die künftigen. Hier ist kein Anfang der Erinnerung würdig, so überwältigend ist die Stille, hier ist keine Flugbahn möglich, selbst der Tod gerät in Vergessenheit: In der Trauer ist vielleicht eine Art Glück, das man nicht ertragen kann, kein Anfang und kein Ende. Wie kommt es, daß ich, seit ich hier bin, trunken von Allmacht, lächle und spüre, daß der stumpfe, leere Ausdruck meiner Augen manchmal verschwindet, daß ich keine Krämpfe mehr habe, die mir den Körper schütteln? Es geschieht mir nichts, weil mich die Ereignisse nicht mehr betreffen, weil ich der Zeit nicht mehr angehöre. Die Nacht naht, ah! Barone, ihr wißt doch, wie im Sommer die Nacht naht, zuerst steigen fast unmerkliche, ganz sacht herannahende, dunkle, leichte, durchlässige Nebel auf, die sich immer mehr verdichten, bis sie manchenorts in der Landschaft, besonders aber genau unter mir, im Garten, nicht zu durchschreitende Klumpen bilden. Dann ist die Nacht da. Ich habe Angst, denn ist die Sonne verschwunden, wird das kalte Festmahl, der dunkle Schmaus der Messer-Mutter gerichtet, kaltes, gezähntes Aufsteigen der Nacht ist sie, ist die Nacht selber in ihrer Gewaltsamkeit.

Nein, meine Tage sind recht einfach, ich empfinde lediglich Dinge, die ihr kennt, die euer Inneres ausmachen, alltägliche Dinge. Das kalte Festmahl der Mutter zum Beispiel, wenn sie auf ihrem Ebenholzthron heranschwebt und sich vor mir am Fenstergesims zu Tisch setzt, so nah, daß ich ihre Augen erkenne, die kleinsten Einzelheiten ihres Gesichtes, so nah, daß ich sie reden höre, während sie mit vollem Munde kaut. Denn sie ißt, die Mutter, mit würdigem, aber entschiedenem Appetit, in der Gewaltsamkeit der Nacht; ihre Art zu lächeln, ihre Befriedigung ist unbeschreiblich, sie ißt mit Fingerspitzengefühl, denn sie weiß, was sich schickt, sie kostet von meinem Säuglingskadaver. Da ist schon was dran, an dieser Erscheinung in den kurzen Sommernächten, deren Schwüle oftmals von Blitzen durchschlagen wird, funkelnden Fängen zerschmetterter Vögel über der Ebene. Sie verzehrt ihren Sohn, meine Mutter, während es blitzt, in meiner Anwesenheit. Das ist nichts Neues. Sie wischt sich den Mund ab, trinkt einen Schluck edlen Wein, wie früher zu Hause in Nürtingen, wenn ein besonders freudiger Anlaß bestand. Sie wischt sich den Mund ab und löst aus dem Rücken des Leichnams einen zarten Fleischhappen, kaut ihn genüßlich. Und ich bin da, drehe mich um und gehe in meinem Zimmer auf und ab, presse die Hände gegen den Kopf, und ich kehre zurück, angelockt von der Mutter, sie ist aus der Tiefe der Nacht aufgetaucht, sie nimmt mich, nachdem sie mich lange gequält hat, wieder zu sich, schlingt mich zurück in den Schoß. Das ist meine Angst vor den Sommernächten, vor diesem Hexenwerk, das mit Macht sich einprägt und schnell wieder schwindet. Doch sie ist da, die Nacht, und wenn meine Augen ferner, weiter schweifen als bis zur vordergründigen Dunkelheit, quillt am Himmel, ferner als die Bäume, über den Feldern der Ebene ein Licht hervor, mattes Weiß, schwankende Ungewißheit, die Horizont wird.

Mutti ißt sehr manierlich und mit großem Appetit, sie nagt sorgfältig die Knochen, Schienbeine und Schlüsselbeine ab, wie ein Raubtier erscheint sie mir, das mit blutigen Lefzen und leeren Blicks seine Beute zerreißt. Ich schwör euch, Barone, das ist zum Fürchten, aber ich bin jetzt soweit, daß für mich dieses Abendessen, sooft es statthat, eine Wahrheit zum Ausdruck bringt. Sie redet mit mir, die Hexe, sie sagt zu mir: »Ich kümmere mich um dich, Friedrich!« Dann fügt sie zwischen zwei Mundvoll lächelnd hinzu: »Du schmeckst, mein Kleiner!« Ich seh ihr an meinem Turmfenster zu, gebannt. In diesem Augenblick mündet alles in sich selbst. Ich hasse sie so sehr, wie ich sie liebe, sie, sie hat mich verrückt gemacht. Sie taucht wieder auf, deutlich und dunkel, wenn's nachts im Sommer heiß ist. Dann gehe ich immer hin und her, ich versuche zu schreiben, um sie mir vom Leib zu halten, ich geh hinaus, gehe die Treppe auf und ab, ich wecke die andern im Haus, doch sie beschweren sich jetzt nicht mehr, und Klavier spiele ich nur noch selten in solchen Augenblicken, nur wenn die Angst unerträglich wird. Die Mutter leckt sich die Lippen und lächelt. Sie verschwindet mit einemmal, zieht sich ins wogende Dunkel zurück. Bleibt in der Öffnung des Fensters das dunkle Rauschen der Bäume, Gemurmel der Nacht, der fahlblaue Himmel.

Ich kann wieder laufen, als würde der Mutter Abwesenheit mir das ermöglichen. Heut hab ich eine Reise gemacht mit Leuten, die waren verrückter als ich. Mit bösen Leuten. Idioten. Ich kann durch den Raum der Nacht laufen, bis zum Tagesanbruch, jetzt, wo sie gegangen ist, von ihrem Sohn erfüllt. Aber sie wird wiederkehren, wie sie gekommen ist, ans Turmfenster. Sie läßt mich nicht los, während die Menschen da und dort rebellieren und manchmal durchdrehen. Ich höre schon, was die Studenten so sagen, und ich nehme an ihrem Gequassel teil. Ich laufe über die Weite der Nacht. Zu sich zurückkehren, die Götter in Ruhe lassen und im Dunkeln bleiben, um das Innige der Welt besser zu spüren. Die vom Sommer bevölkerte Nacht, die wogende Nacht, der Atem der Nacht. Ich gehe vom Fenster zur Tür, von der Tür zur Treppe, steige hinunter, hinauf, kehre zum Fenster zurück: aufrecht, stumm, steh ich der Nacht gegenüber; aufrecht und stumm, ich rufe.

Und weil ich nicht immer nur dastehn kann, die ganze Nacht, und weil die andern schlafen, lese ich, immer wieder, *Hyperion*

und den *Tod des Empedokles,* und mir fällt auf, daß ich immer dasselbe sage, so ungefähr, ich lese meine Werke wieder und sage: wie schön das ist! Und ich beginne die gleichen Dinge zu schreiben, immer wieder, aber nun, wo ich zurückgekehrt bin, ganz anders. Meine Gedichte les ich nicht wieder, nicht gern. Ich finde sie oft langweilig. Wie dem auch sei ... Was, wie dem auch sei? Ich halte doch nur durch, weil ich hier eingesperrt bin und Blätter fülle, die nie veröffentlicht werden. Ich halte doch nur durch, weil ich verrückt geworden bin. Später einmal werden sie in meiner Vergangenheit nachgraben, fasziniert vom Geheimnis des Typs, der – krack! auf Wiedersehen, meine Damen und Herren! – nicht mehr schreibt, aber immer öfter sein Maul aufreißt und jedermann beschimpft. Da haben die gesagt: Das wäre ja noch schöner! Hinter Schloß und Riegel mit ihm! Klappe zu! Aber ich halte durch, und die andern werden alt und sterben. Ich harre aus, Majestäten und Barone! Ich warte.
Wißt ihr, warum ich in den Sommernächten nicht schlafe? Weil ich am Tag schlafe oder im Bett bleibe. Heute morgen hat mir Zimmer die Reise im Postwagen versprochen, damit ich aufstehe. Ich war die ganze Woche im Bett geblieben. Ich hab meine Ruhe. Ich wichse, lese, schreibe, man bringt mir mein Essen, wenn ich fertig bin, stelle ich alles vor die Tür. Ein richtiger Saustall hier. Sie sagen, ich sei widerlich, es stinke hier im Zimmer, aber das ist mir schnuppe. Ich stehe auf, wenn es Nacht wird. Ich habe die Stille für mich, die bevölkerte Nacht, die Schauder und Erscheinungen. Gegen drei, vier Uhr morgens geh ich weg, geh ich laufen oder spaziere über die Wälle oder durch die Gärten, ich komme gegen elf Uhr zurück, schiebe eine ruhige Kugel, ich esse zu Mittag und gehe ins Bett. Die Leute, die vorsprechen, haben sich umsonst bemüht. Man sagt ihnen, ich sei im Bett, ich wolle nicht aufstehen, außerdem sei ich so schmutzig, daß ein Besuch gar nicht in Frage komme. Ich schaffe es zuweilen, sie von mir fernzuhalten. Und vergangene Woche habe ich, glaube ich, acht Tage hintereinander Klavier gespielt. Dasselbe. Ich hatte meine Ruhe und ließ mich durch Besucher nicht stören. Sie blieben einen Augenblick, ich verfiel in furchtbare Verrenkungen und spielte dabei immer weiter, da verzogen sie sich

schnell. Sie besuchen den heruntergekommenen großen Dichter, diese Schweine! Sie wollen was sehen. Können sie, kälteste Verachtung und Grimassen, können sie! Verrenkungen, rollende Augen und Drohungen! Wahnsinn mit Spuren außerordentlicher Bildung, kriegen sie! Und ich verlange, daß sie mich Herr Bibliothekar nennen. Und sie sprechen mich mit diesem Titel an. Aber sie sind mißtrauisch, höflich und achten sehr darauf, was sie sagen, manche wagen nicht, mir in die Augen zu blicken. Ich sehe ihr Inneres, als seien sie, durch meine bloße Gegenwart, nach außen gewendet, nach außen gewendet wie Handschuhe, und was sie nicht einzugestehen wagten, liegt offen vor mir. Ich amüsiere mich hinter meinen Verrenkungen, meine Hände verkrampfen sich. Vielleicht bin ich das Ungeheuer von Tübingen. Einer hat mich nie besucht, Autenrieth. Er fürchtet sich. Wenn ich ihm auf der Straße begegne, ihm oder sonst jemandem von der Klinik, fange ich derart an zu toben, daß sie Reißaus nehmen, sonst hätte ich sie umgebracht. Ich weiß nicht mehr, mein Kopf fängt an zu kochen. Er fürchtet sich, Autenrieth, Facharzt für Narren.

Ah! ich habe ein Gespür für sie alle, schon wenn sie in mein Zimmer hereinkommen, und ich kann unterscheiden zwischen einem, der einfach so kommt, wie er halt ist, und Mitleid hat, und einem, der sich abgesichert an mich heranmacht, hinter seiner Fassade aus Wissen, Kultur, Institutionen, die ihm Anerkennung zollen, diesem ganzen Scheißdreck! Dem spiel ich dann meine Nummern vor. Dichter verfügen über gewisse Mittel.

Doch die Nacht geht zu Ende, der Himmel wird hell.

Und ich lese Diotimas Briefe wieder.

Mein Herz ... sehnt sich nach Würklichkeit, nach dem Wiederhall der Liebe, nach Mittheilung, Einklank, Harmonie! Seeligkeit! ... Aber diese Beziehung der Liebe bestehet in der Würklichen Weldt die uns einschließt nicht durch den Geist allein, auch die Sinne ... gehöhren dazu, eine Liebe die wir ganz der Würklichkeit entrücken, nur im Geiste noch fühlen keine Nahrung und Hoffnung mehr geben könnten, würde am Ende zur Träumerey werden oder vor uns verschwinden ...

Ihre Stimme, die für mich keine Frauenstimme ist. Ihr Leib. Ihre Stimme, die für mich diejenige eines Verlangens ist, in welchem ich mein Leben gelassen habe. Wie ist sie, diese andere Stimme? Nicht verliebt, einfach animalisch, sie verwirrt mich durch die Entschiedenheit, mit der sie sich ausdrückt – und mit der sie mich quält? Friedrich, fick mich, ich flehe dich an! Woher kommt sie, diese Stimme im stillen Strom der Nacht? Holder, wovor hast du Angst? Ich erwarte dich, ich bin ganz feucht, mein Geliebter!

Diese sublime Begattung, die sie im Sinne hatte, ich wußte, es wäre zu einem schrecklichen Ausbruch gekommen, zu gemeiner, widerlicher Hurerei, und schweißüberströmt hätten wir unsere ekelhaften Geschlechter machen lassen, was dem Tod nur zu nah ist. Du mußt für mich unerreichbar bleiben, schrie ich ihr zu. Wir trennten uns, ich todunglücklich, sie in Tränen aufgelöst; sie hatte ihr Verlangen wieder in sich hineingeschlungen, wie ich jetzt den Schrei wieder in die Kehle hinunterwürge. Diotima! Welche wahnwitzige Macht auferlegte mir Reinheit? Welche tote Macht hielt mich im Gedicht fest? Diotima! Was für eine Panik ich hatte, wenn du meine Hände deinem Leib entgegenlenken wolltest! Diotima! Welche Besessenheit lähmte mich, weshalb wollte ich, daß du reine Idee der Frau, daß du Gottheit seist? Mutti, ich hasse Sie!

Aber die Nacht geht zu Ende, ich lese alte Briefe und leide noch immer unter meinem schrecklichen Zaudern, unter meiner Weigerung. Eine Liebe, die ihre Göttlichkeit verlor, lehnte ich ab, ich wollte das Unsägliche im Leiden, in der Gewaltsamkeit des Blitzes besitzen, auf die Gefahr hin, sie, sie zu verlieren, denn ich mußte schreiben, den Göttern in ihrer Gegenwart noch weiter entgegengehen, mich aufrechthalten in inspirierter Rede, im Feuer. Nun sind die Götter nicht mehr da. Sie haben mir den Rücken gekehrt. Leer die Gottheit, wie der Himmelsraum, ich weiß! Weiß auch, daß die Menschenwelt nicht wahrer, nicht näher ist, ich weiß, sie ist anderswo. Hier mein Versuch einer Rückwendung zur Geburt, Rückkehr ins Land des abwesenden Vaters, Rückkehr ins Dunkle, Feuchte eines Leibes, auch das, geht's doch darum, dorthin zurückzukehren, wo ich die Zäsur empfinde, endgültige Trennung, unerträgliche Schwebe, Zerrissenheit, denn seht ihr, Barone, es ist weder der Raum der Götter noch der Raum der Menschen, sondern, dazwischen, der schreckliche, lange Augenblick des Auf-die-Welt-Kommens, und weil ich zurück bin, wiedergekehrt, lauf ich, harre ich aus, verrückt geworden um dessentwillen, was ich so schmerzlich erfuhr in dieser Leere, in dieser umgestülpten Zeit, in diesem Raum, der weder dem Leben zugehört noch dem Tod, zwischen Tag und Nacht, wo die Götter versinken, wo die Formen verschwimmen. Und ich laufe, hab meinen Schrei in mich hinuntergeschlungen, hab des Sich-Losreißens Gewaltsamkeit ganz in den Körper zurückgeholt, denn ich muß mich beherrschen, und ich laufe, zerrissen, doch frei, den anderen weit voraus, ich, der ich unschuldig, naiv bin.

Aber es bleibt der Nacht schmerzliche Milde, ihr stilles Bewegtsein im Dunkel, das flirrt wie schwarz schillernde Seide, aber es bleibt der Nacht Zärtlichkeit, die keinen Ausdruck gefunden hat in dem, was ich schreibe, in diesen Wörtern ganz diesseits des Geheimnisses, wenn ich mir sage, da steh ich, aufrecht, allein in meinem endgültig von der Welt abgeschiedenen Körper, wenn Geborenwerden und Sterben nichtig sind und nicht statthatten, wenn ich aufrecht bleibe, oh, nicht mehr angesichts Gottes und mit der Innigkeit inspirierter Rede, sondern viel ferner, im offenen, zerstörerischen Raum des Heiligen, wo ich nicht Gott und nicht Mensch bin, einzig noch Körper aus Fleisch und Knochen im Nichts. Begreif doch, Diotima, daß ich erschüttert war, daß ich's noch bin, aber in Gleichmut und in der umgestülpten Zeit. Die Jäger stülpen das blutige, dampfende Namenlose der Tiere, die sie getötet haben, nach außen, legen die blauen und perlmutterfarbenen Massen der Eingeweide bloß; ich dachte, bei mir sei das schwarz, doch nun weiß ich, das ist ja vergleichbar, daß es ein weicher und glatter, glänzender, bunt marmorierter Haufen ist. Ich bin umgestülpt, bin zurückgekehrt, habe die letzten Aufschübe überwunden und hab zu bellen begonnen, ich, der Archivarshund.

Diotima!

Nichts, sag ich euch, Barone! Nichts! Wenn der Tag heraufdämmert, fahl erst im Nebel des Sommers, bevor Häuser und Bäume licht werden, bin ich zum Aufbruch bereit, werd ich aufs neue reisen. Zwischen Tag und Nacht stellt

der Mensch fest, daß es etwas Heiliges gibt. Die Zeit ist barmherzig. Wir müssen nicht mehr in Tränen ausbrechen und mit den Zähnen knirschen. Im Krampfe sind wir ruhig und reisen, Diotima!
Der Mensch reist. Er reiste im Winter durch Schnee, im Sturm hoch über den Tälern. Auf den Ozean ging er zu, durch Berge, die aussahn wie graue Wogen. Er schlief in Sennhütten, neben sich die Pistole, hörte den Höllengesang des Windes. Er fror. Er verließ sie, sie, wollte arbeiten in der Ferne, in einem fremden Land, und wußte bereits, daß nichts mehr war als sein Körper im kalten Raum, nichts als sein Geist, der zu schlingern begann, der seinen Zusammenbruch ahnte. Weiter ging er im Schneesturm, über Abgründe, steile Abhänge hinunter, lief und spürte die Müdigkeit nicht mehr, selbst wenn er noch andre Berge erklimmen und weiter mußte, noch weiter weg. Ging durch Wälder und Felder, spürte die Kälte nicht. Hartnäckig löschte der Mensch sich aus, überzeugt, daß sie ihn verlassen hatten, die Götter.

Doch die Nacht geht zu Ende, dem unmerklichen, fahlen Schimmer entgegen, der am Ende des Schloßberges heraufquillt, sich über die Ebene breitet, wenn langsam die Ferne wieder Gestalt gewinnt. Ich erwarte zuweilen, daß es Tag wird ohne Vogelgesang. Ich erwarte, aufrecht, mit aufgerissenen Augen und offenem Mund, vornübergebeugt, daß es Tag wird ohne den Glanz der Sonne, ohne das Dröhnen der wachen Welt. Ich erwarte, so dumm wie früher, daß das Wort ein für allemal erstehe. Aber die Nacht geht zu Ende, ihrem Verschwinden entgegen. Kein Wort möglich, nur das stimmlose Reden der Bäume und Reliefs, die aus dem Schatten tauchen. Diotima könnte zurückkehren aus der Welt der Schatten, ein heller Fleck unter den Weiden, ungreifbare, flüchtige Erscheinung an der Oberfläche des Neckars. Der Mensch reist noch immer.

Hölderlin geht hinaus. Setzt sich auf die erste Treppenstufe. Steht auf und geht hinunter, durch die Küche, betrachtet durchs Fenster den Garten. Bald werden die Vögel singen. Es wird schön, der Himmel ist klar. Die Vögel werden zu singen anfangen, bis die Sonne aufgeht. Und plötzlich wird's still sein. Der Himmel ist klar, es wird schön. Hölderlin geht von einem Fenster zum andern. Er summt vor sich hin, grunzt, murmelt Worte, die keiner Sprache angehören, ganz leise. Es ist eine innige, unerträgliche Klage. Er geht hinaus, wieder die Treppe hinauf, in sein Zimmer, setzt sich an den Tisch, steht wieder auf, geht an ein Fenster, schaut wieder zu, wie die Nacht sacht verschwindet. Es wird schön, der Himmel ist klar. Ein paar Augenblicke, und die Vögel werden singen, alle zusammen, in der Ebene wird ein Hahn krähen, als erster, und ein anderer wird ihm von den Hügeln herunter antworten. Bis die Sonne aufgeht, da werden die Menschen allmählich herauskommen, durch die Felder und Wege gehen. Glückselige Arbeit.

Dann streckt sich Hölderlin auf seinem Bett aus. Seine Augen sind starr, er wendet den Kopf dem Fenster zu, dorther wird der Tag kommen. Er summt Töne, unverständlich, gewissermaßen eine Mischung aus Griechisch, Deutsch und Französisch, aber man kann kein einziges Wort verstehen, nur Klänge. Er schläft ein.

Mutti gibt dir viel Geld, wenn du schön brav bist, wenn du machst, was sie sagt, wenn du ein guter Pfarrer wirst. Mutti gibt dir alles, was sie für dich gespart hat, lieber Fritz! Erinnere dich, Fritz, du warst sechs Jahre alt, als ich begonnen habe, etwas für dich beiseitezulegen. Ich mag dich, mein lieber Fritz! Dein Bruder und deine Schwester sollten nicht eifersüchtig sein. Ich mag dich. Frankfurt, Jena, Hauptwil, Bordeaux, Homburg, Jena, Bordeaux, Frankfurt, Frankfurt, er hat mit seinem Dienstherrn Streit bekommen, man hat ihn vor die Tür gesetzt, anderswo war's genauso, er verliebte sich in verheiratete Frauen, hat nie arbeiten, eine ordentliche Stelle antreten wollen, und seine arme Mutter, die sich so aufgeopfert hat für ihn, er hatte Umgang mit gefährlichen Leuten, Revolutionären, Jakobinern, er war in Verschwörungen verwickelt, ins Zuchthaus sind seine Freunde gekommen, und haben Sie seine Bücher gelesen? Vollkommen unverständlich, aber man begreift, warum er verrückt geworden ist! Wie kann man nur ein solches Leben führen! Er, als Pfarrer!

Hölderlin bewegt sich und verzieht im Schlaf das Gesicht.

Mutti kommt nicht mehr. Lebendiger Leichnam! Sie will dich nicht mehr sehen. Sie ist traurig, trocken und schwarz. Sie will dich nicht sehen, sehen, wer sie ist, nach so viel Liebe, wie sie meint, sehen, wer sie ist in deinen fahrigen Gesten, deinen wirren Reden, deinen verrückten Ideen. Mutti will nicht!, will nicht. Diotima spreizt die Schenkel, sie sagt zu dir: komm, komm, mein Geliebter! Mutti will nicht! Sie befiehlt, kontrolliert, überwacht, spricht von Jesus. Komm, ich bin ganz feucht! Ich muß frei bleiben, um meine Bestimmung im heiligen Wort zu erfüllen. Meine Art, dich abzuweisen. Mutti, dunkel und würdig, macht ihre Abrechnungen, verzeichnet Ausgaben und Einnahmen, verzeichnet Ausgaben, berechnet die Kosten meiner Reisen, da muß man viel, viel abziehen von deinem Erbe, lieber Fritz! Aber keine Angst, es bleibt schon was übrig, dank meiner Umsicht. Mehr kannst du nicht verlangen, wir sind arm. Dein Bruder und deine Schwester sind auch noch da. Es ist hart für eine alleinstehende Frau, Kinder großzuziehen. Ich will nichts mehr hören. Nichts mehr! Dein Gesicht ist zu nah an meinem. Diotima, wir können nicht, unmöglich. Leck mich, streichle mich, ich halte es nicht mehr aus!

Hölderlin erwacht, fährt in die Höhe. Er richtet sich im Bett auf. Es ist fast schon Tag. Im Garten die Triller, ein Pfeifen, Rufen, Schwätzen, das Gurren der Pirole, Amseln, Tauben, Kleiber, Drosseln; ein Geschnatter, ein Heidenlärm unschuldiger Rufe, höllischer Rufe. Tremolos, Gekrächz, Rufe, Warnschreie vielleicht. In der Ferne, ja, ein Hahnenschrei, dann noch ein zweiter. Der Himmel ist klar, es wird schön.

Hölderlin steht auf. Geht auf den Zehenspitzen hinaus, die Treppe hinunter, öffnet die Haustür. Er wird bis mittags spazierengehen, hin und her, auf den Tübinger Wällen. Der Fluß, die Ebene, die Bäume, die Gärten, die Hügel, der Himmel.

Was spielt sich ab in Deutschland?

Diß ist das heilige Ziel meiner Wünsche, und meiner Tätigkeit – diß, daß ich in unserm Zeitalter die Keime weke, die in einem künftigen reifen werden. Und so, glaub' ich, geschieht es, daß ich mit etwas weniger Wärme an einzelne Menschen mich anschließe.

Was spielt sich nur ab in diesem Land?

VI

7. JUNI 1843

Standpunkte, Muttis Fotze, Landschaften, Grabspruch, letzte Zitate. *Den umschwebet Geschrei der Schwalben.*

Die Bäume, die Gegenstände, die Leute, die Landschaften in der Landschaft, die Flüsse, der Neckar, die jungen Platanen, die Tiere, die Brücke, Situationen, Wörter, Sätze, Karren, der Postwagen, Umrisse, die Vögel in den Weiden, andere Gegenstände, Geräte, die Bücher, die verstreuten Blätter, Briefe, die Wolken, der Himmel, das Licht, die Hitze, die Kälte, der Regen, die Sonne

Was ich sehe, sagt Hölderlin

Was ich verlasse

Der Wind, die Geräusche, die Bewegung, die Blätter, die Insekten, Blumen, der Schnee, Fußstapfen, die Wasserpfützen, der Frost, Spuren von Vögeln, von Hirschkühen, das Licht, der Schatten, die Nacht der Gestirne Korona, die Leute, die Dörfer, Häuser, Kirchtürme, Herbergen, der Wein, das Gelächter

Worin ich mich verliere, ohne mich davon zu unterscheiden, namenlos im Raum eines unbekannten Landes. Eine Grabschrift auf dem Tübinger Friedhof, im Laufe der Zeit durchlöchert. Das Meer in Bordeaux, *das ebene Weltmeer, glühend,* die hohen grauen Wellen, die kreischenden Möwen

Die Schwingungen, das Vogelgeschrei, nur das Geschrei, die Windbö überm Fluß, die Stege, die Ferne

Was ich sehe, was ich verlasse, worin ich mich verliere sagt Hölderlin, zahnlos, wie ein Schließmuskel zusammengezogen ist sein Mund.

Reglos das Licht heute morgen. Nichts rührt sich über der Ebene, die Zeit glänzt, durchlöchert, blau, über der Welt Innigkeit; Strich eines Vogels. Auf dem Weg quietscht ein Karren, glückselige Arbeit. Die durchlöcherte Zeit spiegelt das Bild der Kindheit, und im Geschrei der Vögel kindliches Wehgeschrei eines gewaltsamen Todeskampfes. Ich habe immer noch Angst vorm Sterben. Ein paar Augenblicke der Erleuchtung, Luft und Himmel, auf den Abhängen die Bäume, sie ruhn in Frieden.

Auf den Gassen, in den Gärten gehn die Hunde um. Es ist schönes Wetter. Und Vögel über den Gärten; ihre Lieder in den Bäumen rufen sich, antworten sich. Mit Untertänigkeit.

Der Postwagen fährt über die Brücke. In der Ebene gehn Männer neben Ochsen und Pferden, glückselig die Arbeit der Jahreszeiten. Zur Rechten holpert ein Karren über einen weißen Weg, zwischen den Hecken durch. Der Mann stellt sich keine Fragen. Arbeit ist gut. In den Gärten glänzende Reben, Bäume, die Sonne, Amseln flattern von einem Ast zum andern. Keine Angst, wenn der Sinn abhanden gekommen ist. Der Mensch sieht zu. Hier Zimmers Garten, die Trauerweiden überm Flußufer. Die dunklen Tannen, die jungen Platanen auf der Insel, das Geschrei spielender Kinder, Studenten, die sich unterhalten. Weise das Licht, es breitet die Ebene sich mit den Häusern der Menschen, den Kornfeldern und den Wiesen.

Täglich muß ich die verschwundene Gottheit wieder rufen.

Jetzt die Wolken, die Vögel am Himmel so leer, leer wie die Frage, die wiederkehrt mit dem Abend. Der Mensch verspürt jeden Abend Zweifel, zwischen Tag und Nacht, der weiße Raum des Zweifels, der geheiligte Raum des unbekannten Landes, der schwarze Zweifel, wenn die Stimme sich nicht mehr durch Worte Ausdruck verschafft. Der Mensch spürt das Schweigen, Abend für Abend.

Der Fluß fließt am Fuße des Hügels vorbei. Der Neckar ist schwarz unter den Bäumen, der Neckar brennt unter der Sonne, der Neckar kräuselt sich dunkelgrün unterm Wind, blau der Neckar zwischen den Spiegelbildern der Bäume, so leer wie der Himmel; Bild des Himmels der Fluß, es zittert der Mensch, so ruhig, so unbestimmt ist die Farbe. Ich hab solche Angst vorm Sterben. Über der Ebene die Falken, die Lerchen, Kiebitze. Da ist der blaue Raum des Zweifels. Tag für Tag. Dann regnet's, unmerklich hat sich der Himmel bedeckt. Ein anderes Licht. Der Fluß glänzt dunkler.

Die Vögel zwitschern nicht mehr. Das Wort schwebt im stillen Leiden, und der Gesang erstirbt. Standpunkte, Landschaften, Mutti der Trocknen zu Ehren. Grabspruch:

Im heiligsten der Stürme falle
Zusammen meine Kerkerwand,
Und herrlicher und freier walle
Mein Geist in's unbekannte Land!

Grabschrift, in die Stele geritzt, ein für allemal. So kann man sich befreien. Falle zusammen meine Kerkerwand, und ... Das Angenehme dieser Welt hab ich genossen, Standpunkte, Muttis faltige Mandel, Tun und Treiben, der Zeiten Wechsel, zarte Vulva, letztes Tun und Treiben. Grabspruch. Du siehst, das Herannahen des Todes ist eine Komposition, jawohl, nach den Gesetzen der Musik. Umrisse regen sich in den Feldern der Ebene. Die Weiden sind durchsichtig, die Weiden verbergen die Vögel. Bachstelzen hüpfen über die Böschung. Es geschieht mir nichts. Es regnet. Die Vögel sind still. Ich bin alt, tot sind die andern. Mutti hat mich nie besucht. Lebendiger Leichnam! Nie. Mein Wahnsinn war eine Strafe für sie, meine einzigartige Erfahrung. Meine Erfahrung, die hab ich gemacht. 37 Jahre, hat mir Lotte gesagt, ich bin mir dessen gar nicht bewußt, 37 Jahre hier, ohne zu reisen, es sei denn in Reglosigkeit, im Wechsel der Jahreszeiten, des Sinnes der Dinge, der Worte ledig. Vielleicht sterb ich heute. Fühl mich nicht wohl. Ich habe so Angst vorm Sterben, Angst, weiter voranzuschreiten ins unbekannte Land.
Im heiligsten der Stürme falle ...
Mittags hat sich ein Wind erhoben. Wolken haben den gesamten Raum über der Ebene eingenommen. Jetzt regnet's ein wenig. Der Sommer ergraut. Der Mensch erwartet, daß sich in seinem Innern jene kleine körperliche Veränderung anzeigt, die ihn auf den Tod vorbereitet. Doch es geschieht mir nichts. Etwas ganz und gar Überraschendes kann mir nicht mehr geschehen, nur noch ein schwaches Zeichen im Körper. Nur das erwartet der Mensch noch, nichts weiter. Mutti wird jetzt nicht mehr kommen. Zu dieser Stunde hab ich nicht mehr die leiseste Hoffnung. So findet man in den Zustand der Freiheit. Erwartung und Hoffnung dienen der Legitimation der Gewaltherrschaften. Pallaksch!
Zerbrochner, gespaltener Grabspruch. Bruder und Schwester haben mir einen Besuch abgestattet, und ich hab sie beschimpft, hab mich sogar geweigert, sie zu empfangen, diese eifersüchtigen Majestäten, nichts als Ungemach hab ich von ihnen gehabt. Vater war nicht bei mir. Mutti hat die Väter gefressen. Bleibt also die Weite der Ebene, wie der Schmerz offen ist sie, und nah die Erfahrung des unbekannten Landes, so lange schon liegt es vor mir. Da dieser jähe, reißende, stille

Flug der Enten, zu zweit oder im Schwarm. Da die Häuser, in drängender Dichte, die Abhänge ost- und westwärts. Gärten und Bäume zum Fluß hin geneigt. Munter schreiten die Menschen über die Stege in die Ebene hinein. Sie führen Kühe und Pferdegespanne mit Pflügen über die Wege.

... der Stürme falle zusammen meine Kerkerwand ...

Ich stampfe, ich tanze noch immer, aber langsam, wie begraben unter dem Ganzen dessen, was ist, und trotz allem immer noch Wörter, und dieses Begräbnis von Seele und Körper nur möglich durch Wörter. Diotima! Die Mutter ist dieses dunkle Gebäude, das aufgeht, auf daß ich verloren sei, auf daß mein Verlangen Erfüllung finde. Die Glut der sanften Wölbung einer klaffenden Vulva spüren, Mutti! Anbetung. Zitternd und bebend ergriffen werden von dieser heiligen Furcht, wenn sie sich öffnet und ich, vorgebeugt, mit aufgerissenen Augen verfolge, wie sie aufklafft, ein roter, feuchter, schwarzer Mund. Die Anarchie, Diotima! Das Gewaltsame des weiblichen Geschlechtes! Die Anarchie! Ich, ein Jakobiner! Stellt euch das vor, Barone! Die Revolutionen töten die Rebellen. Ich, ein Rebell, der sich bäumt, aufrecht, einsam, wünsche den andern dasselbe. Aber man tötet das Volk. Der Mensch soll allein sein und aufrecht, frei soll er sein und zerstört, man soll seine Angst, das Gewaltsame in ihm, seine Visionen bejahen, er soll wissen, daß es Götter nicht gibt, daß er allein ist angesichts der Gewaltsamkeit, der Unermeßlichkeit des Offenen, angesichts des offenen Leibes der Frau. Diotima! Im Kopf, im Körper die verheerende Form von Muttis Fotze mit sich herumtragen, bis man darüber verrückt wird, muß man doch diese Gewaltsamkeit fortwährend wieder hinunterwürgen. Mutter! Das Bild kommt ganz genau aus der Kindheit. *Die Zeit ist buchstabengenau.* Ich stell mir die dankbaren Berührungen, die sanften Regungen des Windes vor, Finger auf ihr, den dunklen Schatten ihrer Kräuselhaare, ich stell mir's vor.

Grabspruch. Ein Quader unter einem Baum. In den Block gemeißelt: *... meiner Kerkerwand, und herrlicher ...*

Farne, ein Baum, Efeu über meinem Gerippe. Die Öffnung verhärtet sich, das Fleisch versteinert, und der Glanz wird harte Vorstellung, Vorhof für kältere Resonanzen. Muttis Leib ist eine Kirche, die Gott vorbehalten bleibt. Ich schreite

voran unterm Gewölbe, ich reise im Schatten der Arkaden. Ich fürchte den schweigenden Raum. Die Mauern schließen sich wieder über mir, ich spür's, daß ich näher komme, aber sie berühren mich nie. Die schwarzen Hähne sind da. Und ich. Ich sag euch nichts von meiner Freiheit.
... *und freier walle mein Geist in's unbekannte Land!*
Entwickle sich mein Ganzes, steh mir der Schwanz im grenzenlosen Ganzen des unbekannten Landes. Endlich! Fällt meine Kerkerwand zusammen im heiligsten meiner Stürme. Standpunkte, Landschaften. Ich bin krank geworden über dieser geschwellten, sacht gespaltenen Zärtlichkeit. Nichts ist prächtiger, hinreißender, bannt mich, vereinnahmt mich mehr als diese gespreizten Beine, diese überraschenden Öffnungen, die man da erblickt. Diotima! So wolltest du's, du hast meinen Mund an deines Leibes wilden Mund gerufen. So wurde ich terrorisiert. Mir war klar, der Mensch mußte impotent werden, wenn ihr Leib ihn ansah. Mutti! Ich, ich allein heb Ihnen sehr ehrerbietig die Röcke, schlüpf Ihnen unters Kleid – *Erinnerung ist auch dem Menschen in den Worten* –, da versteck ich mich und bin mit den Händen zwischen Ihren Beinen zugange. Ihrer Meinung nach bin ich der einzige Theologe. Wir sind alle beide, und ich bin unersättlich. Ich spüre Ihre Haare und das mütterlich Feuchte in Ihrer genestelten Unterwäsche. Verboten. Ich bin noch hier, alt, eine in Faszination erstarrte Ruine. Ich sterbe, Diotima! Fühl mich nicht wohl. Die kleine körperliche Veränderung kündigt sich an. Der Tod kommt in der Nacht wie eine laue Kolik – 's ist bald Sonnenwende – und nimmt Körper und Seele mit fort.
Sie stehen um mich herum. Lotte ist da. Sie sitzt am Bettrand. Sie sieht mich zärtlich an. Auch Studenten, die im Haus wohnen, kommen, gehn wieder, schweigen, tauchen wieder auf und begleiten mich bis an den Rand des unbekannten Landes. Sie wissen, was ich ihnen vermache. Sie wissen's. »Aber kann das Geschenk, das ein Mensch seinesgleichen mit seinem Wahnsinn macht, angenommen werden, ohne daß es mit Wucherzins vergolten werden müßte? Und was sonst könnte die Gegenleistung sein, wenn nicht der Irrsinn dessen, der den Wahnsinn eines andern wie ein königliches Geschenk empfängt?«

In der Landschaft ist manchmal eine äußerste Spannung, eine unerträgliche Gewaltsamkeit, ohne daß mein Blick dadurch getrübt würde, ohne daß ich diese Heftigkeit empfände. Im Frühsommer etwa, im Juni, da gibt's nachmittags oft Gewitter, da zieht die dunkle, hüglige Front der Wolken auf. Gestalten eilen durch die Ebene, ein galoppierender Reiter trifft ein. *Den umschwebet Geschrei der Schwalben.* Mit einemmal herrscht eine Art Nacht, dichter, dunkler. Der Schrecken kommt genau aus der Kindheit, von mir, dem Kind, dem Ding, der Puppe in einer Nische in Mutters Schlafzimmer. Die Nacht kommt schnell, schrecklicher, kälter. Seit langem schon und bis in meine letzten Augenblicke hinein. Ich habe Angst. Ich habe furchtbar Angst.

Zimmers Mutter ist alt, ich auch. Sie ist ein Gegenstand geworden. In meiner Kammer sind auch andere Leute. Selbst ein Narr weiß, wann der Tod herannaht. Ich höre einen beharrlichen Rhythmus, er treibt die Zeit, ihr Verfließen voran. Weiß ich jetzt, ob Schreiben und Komponieren unserem Weg auf den Tod zu Form und Rhythmus verleihen? Warum brauchen wir das? Warum, wo doch Tiere, Vögel namenlos sind und nichts weiter vonnöten ist als ihrer Bewegungen Unschuld? Warum dieses überlegene Nichtwissen? Und warum ist es bei uns anders?

Der Himmel ist grau, so grau, man kann die Ränder und ineinander übergehenden Schatten der Wolken kaum auseinanderhalten; Sperlinge auf dem Finstergesims. Erst die Bäume, dann, hinter den Feldern, nochmals einzelne Bäume und Hecken, die wieder Wiesen begrenzen, welche sich in die Ferne dehnen, in die Ferne, zwischen die Wälder, Gehölze, und dort unten im Nebel verschmelzen Himmel und Erde. Niemand mehr unterwegs. Hier ist mein Blick allein. Ein unmerkliches, beharrliches Nieseln taucht die Erde in Stille und Reglosigkeit. Ich lauf in die Ferne, bin nicht mal mehr außer Atem. Das Alter ist nicht mehr von Belang. Ich laufe, völlig vereinnahmt, im erdrückenden Raum der Mutter, dem unauffindbaren Vater entgegen, ich laufe, außer mir, stürmisch, erschüttert, meine Muskeln sind angespannt, aber still und abgeschieden der Geist. Die Revolutionen töten die Rebellion des Volkes. Komm, Tod! Komm, unbekanntes Land! Komm, unerforschte Erde! Ich rufe in äußerster Leichtigkeit, irre vor Freude in meiner Trauer. Trauer und Ruhe, dumpfe Freude vielleicht, vermischt wie Himmel und Erde. Stiller Haß, fröstelnde Herrschaften.

Grabspruch; ich habe ausgehalten bis zu dieser Inschrift: *freier walle mein Geist*
und herrlicher und freier ... Ihr seht.

Man hat in seinem Zimmer ganze Stapel beschriebener Blätter gefunden, Gedichte und durchgestrichene, wilde Seiten, Spuren eines Kampfes, Spuren von Beharrlichkeit. Man hat seine Sachen geordnet, seine Bücher, die Gegenstände, seine Kleider, die Wäsche.

Verlangen Sie nicht mehr von mir, Mutti die Tote. Ich muß mich auf ein Minimum an Wörtern beschränken. Stellen Sie meine Gefühle Ihnen gegenüber nicht in Frage, selbst wenn ich angeschlagen, kaputt, zerstört bin bis zum letzten Augenblick. Ich huste. Ich hab Schmerzen in der Brust. Habe Angst. Die kleine körperliche Veränderung. Mein Verlangen, Sie betreffend, war unermeßlich, und Sie haben von mir gefordert, daß ich verrückt werde. Diotima verloren, Diotima tot, wegen dieser unbezwingbaren Leidenschaft für Sie. Hölderlin zerstört, Ihrer Forderung wegen: ich ein einfältiger Diener Gottes, der in unentwegter Anbetung seiner Mutter verharrt. Ich: verrückt. Wie ich mir gewünscht habe, daß Sie das, was ich schrieb, was Sie ins Zentrum meines Leidens rückte, verstanden, gelesen hätten! Wie ich andererseits darauf bedacht war, Sie aus dem Zentrum zu entfernen, und Sie wußten auch, trotz ihrer Strenge und Engstirnigkeit, wußten aus dem Bauch heraus, daß Schreiben mir Auftrag war. Ihretwegen, Sie finstere Väterverschlingerin. Gefressen, zermahlen, zermanscht hat sie mich, die Fotze von Mutti der Dunklen. Halten wir vor allem auf Harmonie und Schicklichkeit, nicht wahr, Barone und Herrschaften!

Sollte mir jetzt nicht den Tod verhunzen. Er ist da, kommt ohne besonderen Schmerz, wie ein Ende, eine angenehme Fortsetzung meiner Klausnerzeit. Seht, machtlose Majestäten, mein Schicksal verläuft in sich zurück wie der einfache Ablauf einer Tragödie. Bei uns sagt man »Trauerspiel«! Ein Spiel, dieser simple Ablauf eines Trauerspieles. Und die Sätze von früher, die mir jetzt wieder in den Sinn kommen, sind trotz des schrecklichen Einschnittes angebracht. Hören Sie, auswendig, im Sterben, einmal an Diotima geschrieben: *»Täglich muß ich die verschwundene Gottheit wieder rufen. Wenn ich an große Männer denke, in großen Zeiten, wie sie, ein heilig Feuer, um sich griffen, und alles Todte, Hölzerne, das Stroh der Welt in Flamme verwandelten, die mit ihnen aufflog zum Himmel, und dann an mich, wie ich oft, ein glimmend Lämpchen umhergehe, und betteln möchte um einen Tropfen Öl, um eine Weile noch die Nacht hindurch zu scheinen – siehe! da geht ein wunderbarer Schauer mir durch alle Glieder, und leise ruf' ich mir das Schrekenswort zu: lebendig Todter!«*

Verstecken mußte ich mich, mußte Schauer und Krämpfe vortäuschen, mußte meinen neuen Zustand verheimlichen: lebendig Toter! Ich hätte mich anders anstellen, hätte euch beruhigen können, Barone! Hätte es wie die Kollegen machen können, so tun als ob, Karriere machen. Da habt ihr's: *Es giebt zwar einen Hospital, wohin sich jeder auf meine Art verunglükte Poet mit Ehren flüchten kann – die Philosophie.* Ich indessen hab mich in der Katastrophe angesiedelt, *weil ich, wie die Gänse mit platten Füßen im modernen Wasser stehe.* Ich patsche darin herum, offen, zerstört, zerrüttet, und ihr findet das unerträglich!

Aber alles ist still, von zartem Grau. Ich habe solche Angst vorm Sterben. Ich schenke euch meinen Wahnsinn. Ein schönes Geschenk. Ihr braucht mir nur euren künftigen Irrsinn wiederzuschenken. Nichts weiter. Ein bißchen Hartnäckigkeit tut not. Ich schenke euch, daß ich ausgeschert, der Barbarei der Staaten entgangen bin. Uns lebendig Toten bleibt die Barbarei des Wahnsinns, der barbarische Wahnsinn, die wahnsinnige Barbarei, die nienamdem Schaden zufügt, aber die Forderung nach einem Leben in Freiheit herausbrüllt.

Die Mutter, sie war's, die verrückte Geliebte, die Geld für mich hortete, die diese ganze Scheiße für mich aufhäufte, das war ihre Art, mich zu lieben, ihre Art, glaubte sie, mich zu lieben, mich zu zerstören, ihren lieben Fritz, den angehenden Pastor, der rastlos herumlief, der ging und kam, auf der Suche nach dem Vater, auf der Suche nach ihr, heimgesucht wie ich war von ihrem Leib, unter dem sie mich heckte, unter dem ich erstickte, und ich reiste herum und kam zurück, sie hatte mich in der Hand mit ihrem Zaster, mit ihrer schmerzlichen Beharrlichkeit, mit ihrer traurigen Tugendhaftigkeit,

mit ihrer geduldigen Sparsamkeit, sie lud mir die Bürde ihrer Opfer auf! Mit ihrer ganzen Scheiße hat sie mich eingedeckt. Einschließlich ihrer Bemühungen, ihrer Bigotterie im Umgang mit Pfarrern und Würdenträgern, denen sie hinten reinkroch, vor denen sie sich aufspielte in ihrem verrückten, blöden Stolz auf mich, und ich war der kleine geheiligte Diener Gottes, aber einen Vater hatte ich nicht.
Sie war die einzige, verrückte Geliebte, ich ihr einziger, dienender Geliebter. Sie ist die dunkle, würdige Geliebte, führt Bibelworte im Munde, und für ihren lieben Fritz wird ihr die Möse feucht. Ihr Leib war eine Kloake, und ich in ihr drin ihr Schatz. Das hat mich zerrüttet, hat mich mir selbst entfremdet, vor allem aber, daß sie aus lauter Fürsorglichkeit für ihren Fritz die Väter verschlungen hatte.
Es regnet immer noch. Ich friere nicht. Ich erkenne nichts mehr in meinem Innern, bin von mir selbst abwesend und schreibe noch immer. Ausdauer im Poetischen, Barone! Und dann reißt in der Ferne der Himmel auf, und die Sonne beleuchtet ein Dorf und die Wiesen ringsum. Nur einen Augenblick. Ich huste. Ich nehme Medizin gegen den Katarrh. Gestern haben sie Medikamente besorgt. Ich fühle mich nicht recht wohl. Ich bin etwas schwach.
... da geht ein wunderbarer Schauer mir durch alle Glieder
Ich kann die Augen nicht vom Fenster wenden. Es regnet. Ich atme mühsam; diese feuchte Wärme setzt mir zu. Wie mein stiller Schmerz liegt die Ebene vor mir, fern und nah, unermeßlich. Sehn Sie, Mutter! Ich koste Sie fast nichts mehr. Ich weiß, ich weiß, ich koste Sie nicht viel. Heut leb ich in einer Armut, die mir behagt, ich leb in geheiligtem Zölibat. Dank meiner totalen Enthaltsamkeit brauchen Sie fast nichts auszugeben. Ich weiß, ich kriege den Zaster, wenn ich Pastor werde. Aber ich bin zufrieden. Meine Schwester und Karl streiten sich um diesen Haufen Geld, sind neidisch, sollen sie doch, auch weil sie für Sie, die Mutter, nicht zählen, weil ich ihr Einziger bin.
Mönch einer komischen Religion, das müßt ihr zugeben, Barone! Entkommen wollte ich dem und finde mich wieder da ein. Aufbrüche nach allen Seiten; Rückkehr. Endstation. Sie meinten, diese Dummköpfe, ich sei auf Grund geistiger Überanstrengung, heidnischer Vorstellungen und durch

meinen Umgang verrückt geworden. Andere warten nur drauf, bis ich tot bin, um mir den Schädel zu öffnen und nachzuforschen, ob nicht zufällig ... in der doch so schönen Schöpfung des Vaters sich etwas Anomales finde. Die Fachärzte haben sich gestritten. Ich wurde wütend, weil sie ihren Quark in meiner Anwesenheit von sich gaben, wie wenn ich, ein Verrückter, das nicht verstünde.
Die Ebene verliert sich im Grau unterm tiefen Himmel. Es ist Juni und wie im Herbst, aber warm, und ich atme schwer. Die grauen Tage im Sommer sind trauriger, stiller, erholsamer. Der Fluß ist genarbt von Regenspritzern. Ich laufe über die Wälle da unten, der Regen kühlt mir das Gesicht. So nah der Welt Innigkeit nun und so fern, denn was ich über sie sage, ist nicht genug. Ich muß immer noch schreiben, obwohl ich die Augen nicht von der Landschaft wenden kann, obwohl ich mich schwach fühle und dem Tode so nah. Ich erwarte die körperliche Veränderung. Ich habe keine Schmerzen, nur eine leichte Beklemmung. Das so niedrige Grau des Himmels, das Grau der Bäume, das Grau der Felder und des Flusses, dieser graue Schleier, er tut mir weh, denn 's ist so mild, so still. Es regnet. Kein Laut, nur mein mühsames Atmen.
Vor ein paar Tagen ist Schwab gekommen und wollte Gedichte von mir, er hat die beschriebenen Blätter durchgesehen, die in einer Ecke des Zimmers aufgestapelt waren, und hat mich um die Erlaubnis gebeten, einige mitzunehmen. Ihre heiligste Majestät bediene sich! Ich hab ihm gesagt, die Früchte der Erkenntnis seien hohle Taschen, mit üblem Winde gefüllt. Er ist wieder gegangen und hat viele Gedichte mitgenommen. Ich hatte den Eindruck, daß er zufrieden war. Sie bewundern mich immer noch, diese Schlappschwänze, diese Hanswürste! Sie begreifen nicht, wie dem Menschen das Wort so gegeben sein kann, glühende Offenbarung. Kennen sie nicht, die Erfahrung des Unmittelbaren, das irre Hochsprudeln beim Schreiben. Selbst Goethe hat das nicht verstanden. Auch Schiller nicht mit seiner prunkvollen Lyrik. Wissen nicht, was das ist. Finden das lächerlich. Sie haben halt Angst.
Nicht ins Hospital der Philosophie, ins Hospital der Katastrophe wollte ich. Gestern hat Lotte für meinen Husten Medizin geholt beim Professor Gmelin. Sie ist mit einem Kran-

kenwärter des Klinikums zurückgekommen. Man kann ja nicht wissen, wenn ein Irrer stirbt ... Und der Krankenwärter ist im Haus, aber Lotte hat ihm gesagt, man dürfe mich nicht stören in meiner Kammer, ich sei aufgeregt, unruhig. Es quält mich, ich spüre die Nähe des Todes.
Ein wunderbarer Schauer geht durch mich hindurch, zerreißt mich, ein Schauer, leise Spur von Apollons Blitz. Jetzt schüttelt es mir den Körper, unmittelbar ehe das Zeichen deutlicher wird, mir zerspringt in der Brust, damit der Übergang sanft sei und ohne Schmerzen, ohne Gezerre. Das Hospital der Katastrophe. Der Krankenwärter wandelt im Haus herum. Er weiß, daß er überflüssig ist. Er sieht mich an wie Autenrieth und die Leute vom Klinikum.
Ich bin in die große Stube hinuntergegangen und habe mit ihnen zu Abend gegessen. Man hat sich wie üblich unterhalten. Ich habe einfache Bemerkungen gemacht, wenn mir zu dem, was die Männer und Frauen um mich herum sagten, etwas einfiel. Ich habe sogar Klavier gespielt, weil man mich dazu aufgefordert hat. Volkslieder und Kinderlieder hab ich gespielt. Ich habe gut gespielt. Ein Student hat gesungen. *Wie Menschen sind, so ist das Leben prächtig* ... Aber in meinem tiefsten Inneren war die Angst immer gegenwärtig, auch in diesen Augenblicken der Ruhe. Ich habe Angst.
»... nun ging Er ins Bett mußte aber wieder aufstehen und sagte zu mir Er könne vor Bangigkeit nicht im Bett bleiben ...«
Ich habe Angst. Ich kann nicht Atem holen, so ein Druck in der Brust. Lotte ist bei mir, sie sagt zu mir, alles sei gut, wir wollten nun alles vergessen, ich solle mir keine Sorgen machen; sie hält mir die Hand, singt leis eine alte Melodie.
Ich trinke meinen Trunk, und meine Bangigkeit wächst, die körperliche Veränderung zeigt sich nun an durch das Feuer in meiner Brust, das Feuer, das Nichts des Feuers. Ich bin, lange Stunden hindurch oder für die Zeit irgendeiner schwindelerregenden Stille, nur noch panischer Schauer, zittrige Angst, letzte Erschütterung, allein mit der Stimme einer Frau, sie ist mir Trost im heftigsten Grauen. Dann sterbe ich. Sie sind da, rundherum, ich entspanne mich, auf dem Gipfel der Angst lasse ich los, und in dieser Lockerung, dieser völligen Preisgabe sterb ich.

»... nun verschied Er aber so sanft ohne noch einen besondern Todeskampf zu bekommen ...«
Ich habe solche Angst, ich rufe sie, und weil sie mich gern haben, sind sie bei mir. Die alte Zimmer hält mir die Hand. Auch drei Studenten aus dem Stift sind da. Lotte ist da. Zimmer ist da, der alte Zimmer. Eine Lockerung, so, daß das Leben entschwindet; eine milde Kolik nach dieser Angst ist der Tod. Umkehrung nach dem siebenten Ton, Zäsur. Hier die letzte. Die wirkliche Auflösung ist die Bangigkeit. Ideale Auflösung: göttliches Feuer. Blabla. Ruhige Auflösung jetzt.
So gehe ich ruhig hinüber. Es ist Nacht, ich höre, es regnet nicht mehr. Dunkel, Gemurmel. Im Sommer hab ich vor dieser Ahnung Angst, vor der Gärten und Bäume Übermacht, vor der Überfülle des Grases, der Blumen. *Das Jahr erscheint mit seinen Zeiten / Wie eine Pracht*... Doch ich lauf im Sommer, und ich lauf im Frühling, auf der Suche nach dem Rhythmus, und ich spreche ununterbrochen, um ihn zu erhaschen, und ich schreibe, und ich stampfe auf, und ich zähl an den Fingern die Silben ab, ich spiele Klavier, ich grunze, ich klage, ich schreite voran, noch schreit ich voran im Offenen. Ruhige Auflösung jetzt, nach der schrecklichen Spannung nun Unbegrenztheit alles Möglichen.
»... an das Sterben dachte freilich kein Mensch von uns ...«
Hier die Ebenen, so weit das Auge reicht, wenn Himmel und Erde und das Gemurmel der Nacht verschmelzen, hier die glänzenden Flüsse, sie tragen die Sonne über die Ebenen, und über den Hügeln, überm Gebirge, im Himmel der Vögel Schweben. Jetzt das Loch der Nacht, das offne Geschlecht in der Sprache, jetzt die Freiheit, ich selber jetzt, ein Zeichen, deutungslos im Nicht-Sein von Sinn. Mit Ruhe.
Nicht wahr, mein Bruder, Du fühlst, meine Gedanken, meine Gefühle sind nicht mehr von dieser Welt; ich glaube, nun bin ich reif nicht für den toten Frieden des Grabes, sondern für ein glücklicheres, ruhigeres Leben als dies hier; ich hoffe sogar, daß ich nicht mehr lange auf dieser Erde verbleibe, selbst deren Freuden ziehen mich nicht mehr an. Der Parze Schicksalsschere, so hoff ich, wird meinen Lebensfaden durchschneiden, und ich kann in Wahrheit sagen, daß ich mein Ende mit Ruhe erwarte, mit Freude sogar und Befriedi-

*gung. Adieu mein Bruder, vielleicht hörst Du meine Stimme zum letzten Mal.**
Der Raum, so weit das Auge reicht, die Wolken und Felder, unergründlich die Nacht, die glänzenden Flüsse, auf denen die Sonne dahinrollt, das Land des verbotenen Vaters, Freiheit der Vögel, jetzt das Loch der Nacht, die Frau in der Sprache offen, jetzt die Freiheit, ich, Zeichen, deutungslos im Nicht-Sein, mit Ruhe, der Raum, so weit die Seele reicht im Nicht-Sein von Sinn, jetzt das Offene, endgültiges Leersein von Wörtern. Übergang ohne Gezerre.

Ein paar Sekunden, ein paar stille Sekunden nur, ein paar farblose Augenblicke, einfach ein Schauer, wunderbar, und die Spur eines Blitzes. *Den umschwebet Geschrei der Schwalben.*

* Entwurf zu einem französisch geschriebenen Brief.

VII

INVENTUR

Voller Spannung erwartet man nun die Inventur des Leichnams. Es gibt Sektionen, die außergewöhnlich, die ein Ereignis sind.
»Aufgepaßt«, läßt der Wissenschaftsaffe, der älteste von dreien, verlauten. »Ich verpflichte mich vor den Menschen und der Geschichte, das Geheimnis des Wahnsinns zu lüften, zu klären, Gründe dafür zu finden, euch einen handfesten, beruhigenden Beweis zu liefern. Tatsachen auf dem Tablett werde ich euch präsentieren. Dafür stehe ich grade, ich, der Affe Gmelin!«
Sie wissen doch, man soll nicht behaupten, man soll nicht zulassen, daß einer behauptet, wenn jemand wahnsinnig werde, sei das auf andre zurückzuführen, wer immer das sein mag, Eltern, Lehrer, Idioten in Amt und Würden, Ärzte, Politiker, Fürsten und Bankiers, und so weiter, davon gibt's noch viele. Die Affen sind sich der Dringlichkeit, einen unwiderlegbaren Grund zu finden, bewußt.
»Und wir sind ausgesprochen darauf erpicht«, schreit der Affe, »ihn zu finden, diesen Grund. Los, Herr Kollege und Affe! Sägen Sie, schneiden Sie auf! Zuerst das Gehirn.«

Ich verfüge über die modrige Majestät eines Leichnams und schleppe seine Starre mit mir herum. Steife und Auflösung; das gehört zusammen. Man soll sich nichts vormachen, Widersprüche bringen Rhythmus hervor. Ich bin ein Leichnam, der sich bewegt, ich tanze und schreite voran, ich blicke offenen Auges auf meinen Schädel, den sie geöffnet haben, seine Wandungen glänzen perlmutterfarben. Ich hab also auch den Schädel offen auf eine künftige Welt hin. Unumgänglich der Rhythmus. Ich tanze. Ich bin ein junger, lebendiger Leichnam.
Aus einem Bauch heraus bin ich in den Balg eines Leichnams geschlüpft. Das habe ich erst vor kurzem begriffen. Ihr, Barone, ihr glaubt an das Leben, das man euch bereitet. Ihr meint zu Unrecht, ihr wärt lebendig. Durch mich, einen Leichnam, fährt der Wind, ich bin der Musik geöffnet. Nichts zu machen! Unumgänglich der Rhythmus. Ich

stampfe mit meinen Beinen, ich laufe, noch immer, und alles geht drunter und drüber, von den Fersen hoch bis zum Bauch. Ich tanze, mir schüttelt's die Schultern.
Auf den Bürgersteigen schillert die Schmiere, der Schweiß und das Blut. Man kommt nur mühsam voran auf den Straßen; all die Überreste verstümmelter Vögel, Katzen und Hunde und Menschen. Ich habe ihren Geruch in der Nase und Haarbüschel im Mund. Manchmal erstickt das Wort: ein Messer im Rücken, eine Razzia, da fällt eine Frau um. Es ist Nacht, diese schreckliche Dunkelheit von Gefangenenstädten. Keine Angst mehr, hat doch der Frost sich bis in den Herzmuskel gefressen, ins Labyrinth der Eier, tief hinein in die Gebärmütter. Ja, unumgänglich der Rhythmus.
Ich tanz in der Kälte, die vom Boden her in die Fersen strömt, von den Fersen in die Waden, von den Knien in die Schenkel, von den Hoden in den steinernen Bauch. Ich, ein Leichnam, kann tanzen, kann meine Hände über eine Tastatur schweifen lassen, 's wird weiterhin Leute geben, die mit Literatur Geschäfte machen, Generale, Bankiers, Präsidenten, eine Maschinenpistole im Nacken eines kleinen Mädchens, das spürt, wie ihm die warme Eichel eines Soldaten in den Anus fährt, ihn zerfetzt. Ich tanze.
Über mich ist der Frost der Gefängnisse, der Fabriken und Behörden gekommen. Ich friere, meine Zähne schlagen aufeinander. Ich steh mit der Kälte derer, die Angst haben, weil sie andre erniedrigen, auf Kriegsfuß. Aber ich tanze!

Die Wissenschaftsaffen klappen ihre Köfferchen auf. Ziehn das Jackett aus und krempeln die Ärmel hoch. Hab ich doch einmal geträumt, es gebe nur Sonne und Finsternis, nämlich Blut und Eingeweide, Fleisch und Knochen, verborgene Spalträume im Körper des Menschen. Und so sing ich, ein Leichnam, während die Affen der Wissenschaft mir die Schädeldecke aufsägen; läßt mich vollkommen kalt jetzt.
Habe geträumt, es gebe nur Sonne und Finsternis in den menschlichen Körpern. Deshalb sing ich noch immer, während die Wissenschaftsaffen zugange sind, während sie mich sezieren.
Singe: Ich verfüge über die ruhige, modrige Majestät eines Leichnams. Tanzen werd ich. So, ich tanze. Unterdessen ha-

ben die Affen Rapp und Gmelin ihr Handwerkszeug ausgebreitet neben dem Tisch, auf dem ich liege.
Vollkommen kalt. Ein Schlag mit dem Meißel, bitte, hier. Vollkommen. Hier also mein Gehirn. Die harte Hirnhaut ist schön und völlig in Ordnung.
Wie eilig sie's haben, mich aufzuschneiden! Nicht einmal die Erlaubnis des Halbbruders haben sie eingeholt. Den Affen ist's bange, sie wollen eine Begründung für meinen Wahnsinn, einen exakten, handgreiflichen Grund. Wissen nicht, daß der Wahnsinn sich selbst Begründung ist, kann ich doch, weil ich mich ganz bewußt so entscheide, einen Wasserbeutel im Hirn produzieren, und das bringt einem das Welt- und das Selbstverständnis ganz schön durcheinander.
Sie wissen nicht, daß ihre Theorien eine konstruierte Begründung des Wahnsinns liefern. Sie sehen nicht ein, weder die einen noch die andern, daß es mein freier Wille war, so zu werden, aus dem alleinigen Grund, weil ich meiner Freiheit Spielraum ließ, aus dem alleinigen, meinem persönlichen Grund, weil ich neue Räume erforschte. Es entgeht ihnen, daß der Grund meines Wahnsinns an Erklärungen nicht gebunden ist, er entzieht sich in Freiheit.

Der Schädel ist offen. Rapp hält das Gehirn in den Händen. Wiegt es und mißt es aus. Die Affen bemerken: »Nicht schlecht! Gar nicht schlecht! Ganz schön schwer! Und recht groß! Was für Dimensionen!« Dann machen sie weiter, und alles wird säuberlich aufgereiht. Die abgesägte Kalotte legen sie auf einen Tisch daneben. Gmelin junior macht Notizen. Er sieht ziemlich elend aus, bleich und um die Augen und um den Mund herum grünlich. Das wühlt ihn auf wie ein Sturm, dieser Leichnam mit seinem offenen, leeren Kopf.
Sie holen das Werkzeug aus ihren schwarzen Köfferchen, Holzhämmer, Bohrer, kleine Metallhämmer, Sägen, Messer, Skalpelle, Scheren, Schädelbohrer, Hohlmeißel, Bohrwinden, alles aus gutem, mattglänzendem Stahl gefertigt und tipptopp gepflegt. Die großen weißen Lappen brauchen sie, um sich die Hände und Handgelenke abzuwischen. Einem anderen, braunen Lederköfferchen hat Rapp ein Fläschchen Schnaps entnommen sowie drei Gläser, die er neben das Werkzeug stellt. Die Affen haben sich die Ärmel hochge-

krempelt. Gmelin junior wird immer grüner, obwohl er sich schon drei Gläschen hinter die Binde gegossen hat.
»Mein Sohn«, sagt der Vater zu ihm, »Sie müssen sich abhärten. Die Wissenschaft fordert, daß wir unserer Pflicht nachkommen. Sie werden jede Feststellung, die wir machen, genau verzeichnen. Führen Sie Protokoll. Übergehen Sie nichts, kommen Sie doch näher heran, passen Sie gut auf!«
Beschreibung des Werkzeuges, Beschreibung der Handgriffe, des Blutes, der Hände, die in dem Leichnam verschwinden, und der begehrlichen Augen, die herumwühlen im Fleisch.

Ich, ich habe allen Grund, majestätisch und modrig zu sein. Meine Unversehrtheit als Leichnam, was immer sie mit mir machen, verdanke ich meinem Verhältnis zum Tod. Ich kann, trotz der Kälte, tanzen und lächeln. Sogar noch ein bißchen lächeln. So oft das Herz schlägt, versteife ich mich auf meinen Körper, die Stofflichkeit meines Denkens. Vergeßt nicht! Ich bin im Kriege. Es ist Nacht, endgültig. Den Tag erwarte ich nicht mehr. Zuweilen, wenn's blitzt, schrecke ich auf. Tanz, Beben und Stampfen, immer schneller. Mein Leichnam löst sich auf und wird wieder ganz. Moder, Steife und Majestät. Ich halte nicht inne, ich laufe.
Gmelin zu Rapp: »Ich hatte einen Krankenwärter vom Klinikum hinbeordert, denn ich wollte augenblicklich in Kenntnis gesetzt werden, um ihn sofort und ungehindert aufschneiden zu können.«
Sehr aufrecht, auch als Leichnam, schreite ich voran, stinke wahrscheinlich, aber mein Kopf ist frei, unter denjenigen, deren Lebensweise mir nicht mehr angemessen ist. Ihre Art zu leben, ihre Art, sich zu Tode zu bringen und das Volk zu töten, es kommt alles auf eins heraus, das ist ihr Leben. Es ist mir nicht angemessen. Es wird immer Leute geben, die mit Literatur Geschäfte machen, Generale, Fürsten, Präsidenten, Schriftsteller, Bankiers, die halten zusammen wie klebrige Finger und Handschuhe. Da ziehe ich meinen Gestank dem ihrigen vor. Und ich führe Krieg gegen sie. Ich verfüge über des Leichnams Majestät in der Auflösung, über seine zerstückelte Steife. Ich tanze.

Hier das sorgfältig herausgelöste, untersuchte, gewogene, verglichene, gemessene, durchwühlte Hirn. Und hier die Kalotte. Ja, wir haben alles durchwühlt und sind fündig geworden. Der Affe, Professor, lutscht an den Fingern. Seinem Sohn empfiehlt er gierigen Blicks, sich daran ein Beispiel zu nehmen, der tut so, als sähe er nichts, wendet sich ab, ein heftiger Schluckauf schüttelt ihn.
Mein Tanz ist nämlich kein Totentanz. Ich bin ein fröhlicher Leichnam, ein harter Leichnam, ein Körper jenseits der Knechtschaft, die uns auferlegt ist. Ich tanze, stampfe, trete auf der Stelle, heftig, insgeheim und allein. Weil der Tod mich schüttelt. So erfahr ich, was Zärtlichkeit, Lachen und Strenge ist. Laßt uns tanzen in Kälte, in Nacht! Hämmern wir auf die Erde, die man uns nimmt! Kraft meines skandierenden Körpers, jubelnder Zeichensetzung, tanze ich, laufe ich, bin ich im Kriege.
Ich habe geträumt, es gebe im menschlichen Körper nur Sonne und Finsternis.

Erste Inventur des Narrenleichnams, des Dichterleichnams. Was tue ich hier, ruhig und abgeschieden? Der Affe Rapp wirft Gmelin junior einen verächtlichen Blick zu und notiert seine Beobachtungen selbst: Die Schädelknochen sind ziemlich dick. Keine Abweichungen von dem, was man gemeinhin bei gesunden Gehirnen feststellen kann. Ich muß noch einmal bemerken: Die Schädelhöhle ist geräumig und besonders breit. Die *impressiones digitatae* auf der *basis cranii* sind sehr stark. Die Hirnhäute sind unverändert. Die Konsistenz des Gehirns selbst ist von normaler Festigkeit, die Venen sind mit Blut gefüllt. Keine Embolie.
»Alles ganz normal bis jetzt. Nicht wahr, Affe Gmelin?«
»Bis jetzt. Aber wir müssen aufschneiden, sezieren, unsere Fahndung vorantreiben.«
»Einen Augenblick. Ich notiere noch:
Die beiden Substanzen des Gehirns sind deutlich zu unterscheiden.«
»Machen wir einen vertikalen Einschnitt, ohne etwas zu beschädigen.«
»Bitte, könnten Sie mir behilflich sein, das Gehirn festhalten? Es rutscht herunter.«

»Aber natürlich, Rapp, natürlich.«
»Ein Frontal- oder ein Sagittalschnitt?«
»Sagittal.«
»Also los.«
Was brauchen sie, die Affen der Wissenschaft?
Einen schönen, schweren Tisch, der nicht wackelt, einen soliden, schönen Tisch zum Schneiden.
Ein Messer zum Ausbeinen: Klinge etwa 10 bis 14 Zentimeter lang, zugespitzt.
Ein Speckmesser: Klinge 4 Zentimeter breit, 30 Zentimeter lang, zugespitzt.
Mehrere Skalpelle und Operationsmesser für die Feinarbeit.
Einen Satz Sägen verschiedener Länge, zwischen 20 und 40 Zentimeter lang, deren Blätter winzige Zähne haben, damit zersägt man die Knochen.
Und anderes Werkzeug wie Holzhämmer, Bohrer, Schädelbohrer, Scheren, Hohlmeißel, Pinzetten usw.
Weiße Lappen, um sich zu säubern, und ein Weilchen Ruhe in einem Raum, wo keiner zusieht.
Eiserne Routine, um ihre Freude zu unterdrücken und sich nicht auf ein Benehmen einzulassen, das Wissenschaftsaffen nicht anstände, Grimassen schneiden etwa, den Speichel hinunterschlürfen, gierige Blicke, zweideutige Berührungen usw.

Laßt uns tanzen, außer Atem, müde, am Ende, aber wachsam! Laßt uns tanzen, majestätische, modrige Leichname! Nichts zu machen! Unumgänglich der Rhythmus, selbst wenn uns die Folter auch noch in unserem letzten Zustand, als Leichnam, entstellt.

»Machen wir weiter, Rapp. Was gibt's zu berichten?«
»Die seitlichen Hirnhöhlen enthalten etwa einen Kaffeelöffel voll helle Flüssigkeit. *Corpus striatum thalamus nervi optici*. Die Kommissuren scheinen in normalem Zustand zu sein. Was meinen Sie?«
»Einverstanden.«
»Einen Augenblick, ich möchte das notieren.«
»Notieren Sie auch, daß die *glandula pinealis* ihre gewöhnliche

Größe und Farbe hat, an derselben ein kleines Häufchen Hirnsand. Rapp, sehen Sie sich das an!«
»Was denn?«
»Ah, jetzt habe ich sie, unsere Anomalie. Ich habe ihn, unsern Beweis! Schauen Sie sich das an!«
»Der *ventriculus septi pellucidi*!«
»Genau. Er ist ungewöhnlich groß. Überzeugen Sie sich. Und er enthält Wasser. Mein Daumen paßt ganz hinein. Da, fassen Sie rein! Seine Wandungen sind sehr hart. Da ist er, unser Beweis.«
»Sehr hart, in der Tat.«
Er schneidet eine Lamelle herunter und betrachtet sie aufmerksam.
»Und sehr dick.«
»Wie auch das *corpus callosum* und der *fornix* und die seitlichen Wandungen«, sagt Gmelin, der gleichfalls nachsieht und mit seinem Skalpell einen Einschnitt macht.
»Also, diese mit einem Druck auf die edelsten Gehirnteile verbundene Anomalie hat ihn verrückt gemacht. Der Beweis, endlich! Die Ursache seiner Krankheit!«
»Vierzig Jahre!«
Der Sohn des Affen Gmelin ist *out,* sitzt am andern Ende des Raumes.
»Der *ventriculus septi pellucidi* ... Der Beweis.«

Tanzen wir, Leichname! Ob wir scharf schießen, ob man uns einlocht, ob wir schreiben, laßt uns tanzen, trotz allem, wir werden Nachfolger haben, seid dessen gewiß, was immer die tun, die behaupten, sie seien am Leben.

Dann machen die Affen der Wissenschaft weiter: zerlegen, beinen aus, lösen die Nerven heraus, sägen des langen und breiten. Sie wühlen im Fleisch, öffnen die Brust, die Lungen, untersuchen das Herz. Alles ist voller Blut. Sie tauchen Hände und Unterarme in den Leichnam hinein. Ihre Bewegungen sind jetzt anders, heftiger, überstürzter. Ab und zu kippen sie ein Glas Schnaps, worauf sie sich ihrer Begeisterung für die Wissenschaft, ihrer medizinischen Wut noch inniger überlassen.

Ich tanze, furchtlos in meiner Geradheit, selbst wenn ich zittre. Ich stampf auf der Stelle.

Ich halte fest, daß die Lungen insgesamt vier Liter Wasser enthalten. Das Herz ist mit weichen Pseudomembranen bedeckt. Im Herzbeutel kein Wasser. Die *valvulae sigmoideae* am Ursprung der Aorta und der Lungenschlagader sind vollständig verknöchert. Sie bilden einen zusammenhängenden knöchernen, unregelmäßigen Ring. Das übrige ist normal.
»Rapp, notieren Sie auch noch, die Länge der Eingeweide ist normal und die Lage des querliegenden Grimmdarmes nicht abweichend. Die Milz ist von mittlerer Größe. Sie ist auf der Oberfläche mit dicken, knorpligen Flecken bedeckt. Schließlich, auf der rechten Seite des Skrotums, eine Hydrozele von der Größe einer Faust.«

Ihr Leichname, laßt uns tanzen! Laßt uns lachen und weinen! In unseren Körpern, durch die der Wind, durch die der Tod fährt, die's schüttelt, die von Musik, der alten, vergeßnen Musik vibrieren, empfinden wir Mordlust und eine überaus heftige Bestätigung unseres Andersseins. Es ist Nacht, endgültige Nacht.
Selbst wenn man mich noch im Tod entstellt und zerstört: Nichts, was mir den Moder und meine Geradheit, meine Stille und Ruhe benähme.

Ein paar Tage später wurde auch die Inventur des Vermögens gemacht, dessen geheiligte Hüterin die Mutter gewesen war. Nach Palavern und Diskussionen vor dem Nürtinger Gericht, nach peinlich genauen Abrechnungen sackte Hölderlins Schwester, die auf die Blutsverwandtschaft pochte, 11339 Gulden ein, während der Halbbruder Gok voller Wut und Enttäuschung nur 1620 von insgesamt 12959 Gulden einsteckte.
Alles andere war für die Familie nicht von Belang. Möbel, Wäsche, Kleidung, Gegenstände, Manuskripte und Bücher wurden offiziell Lotte Zimmer vermacht.
Ansonsten hob man nichts auf, nur ein Bild auf Pergament, einige alte Bücher, eine Tasse, ein Glas.
Zimmers Haus ist ein paar Jahre danach bis auf den Grund

abgebrannt. Bei diesem Brand sollen die 36 Jahre lang Tag für Tag angesammelten Manuskripte verschwunden sein, vielleicht war man aber inzwischen auch zu der Einsicht gelangt, sie wollten doch nichts besagen, und hat sie vernichtet.